閣樓上下

曹冠龍

目次

肚的回憶

一直到八歲，我還是跟我母親同床睡。

母親長得豐腴白皙，細眉細眼，很有點唐畫中仕女的那種風采。母親有一頭天生的秀髮，可令當今的時髦女郎們暗暗羨慕，甚至還會不昧打聽，問問用的是哪家公司的護髮香波。但母親洗頭髮連肥皂也捨不得用。熱得一大盆溫水，丟入一塊石碱，待那石碱融化，母親便將一頭烏髮瀉入碱水，浸泡搓揉，任意糟蹋。但清水一過，卻依然烏亮如故，留得一絲淡淡的碱味，讓睡在身邊的小兒子在夢中聞見端午節的粽香。

我說我和母親同床睡，其實我家並沒有床。我家是一間閣樓，閣樓兩面傾斜的屋頂和屋頂下的樓板構成了一個等腰三角形。由於閣樓的那種緊湊的建築特點，不宜架床，但那三角形的兩個尖角下卻是打地鋪的好地盤。兩張地鋪，一南一北，北頭是父親和兩個哥哥睡，南頭是母親、我，和我的小妹妹。一家六口在遠離故土的一個窄小的空間裡，悄悄地享受著天賜的光陰。

我父親原籍江西，是鄱陽湖邊一個農民的兒子，排行第三。老三往往出格。父親原可以守著父母配給他的小腳女人，在家鄉老老實實地種那幾畝旱地，安度天年，安眠鄉土。可他偏要風風火火地鬧一番個人奮鬥，居然有幸或不幸地讓他發了點財，在家鄉購得三十來畝地，改娶了一個大腳女人，即我的母親，生下子女四個，然後在土地革命初起時流亡上海，在這間小小的閣樓裡度過了他日漸衰敗的後三十年。

母親是長女，外祖父在湖南省開了一家肥皂廠。母親十八歲那年嫁給了當時湘軍的一個營長，婚後沒幾年母親便發現那營長尋花問柳沒有節制，便毅然返回娘家。那軍官派人來接過多次，但母親再也沒有回去，在娘家一直住到三十多歲，那軍官在江西戰死，母親才改嫁我父親。母親對那段往事緘口如瓶，直到我長大後填寫履歷表，為了讓她的孩子對組織忠誠，母親才將那段歷史概括地告訴了我，讓我大大地吃了一驚。

在我的記憶中，我似乎從來沒有見過父親和母親同床睡過，甚至沒有見過他倆之間有過任何親暱之舉。在我們四個子女的心目中，父母是一種永恆的中性，他們的功能及責任是撫養那些不知從何而來的小東西們，給他們吃，給他們穿，偶爾也給他們幾個巴掌。

母親是屬於我的。她那散發著鹼香的頭髮是屬於我的，她的背，她的奶，她的肚，甚至天熱時從那肉縫裡滲出的汗，都是屬於我的。

妹妹比我小六歲，我八歲那年，她才兩歲。母親睡覺時總是摟著妹妹，背朝著我，但這絲毫不妨礙我對母親的占有。

海洋中有一種魚叫鮣魚。鮣魚的腹部長有吸盤，鮣魚的吸盤吸在鯨魚的背上，鯨魚怎麼甩也甩不掉，母親也甩不掉我。

我每天晚上吸在母親的背上，那背很肥，沒有任何骨頭。我的一根胳膊越過母親的腰，抱著她那更肥的肚。

母親的肚聚合著女性的全部魅力，肥、軟、暖。由於摟著妹妹，母親的雙腿蜷曲，那肚上便隆起了一捲捲肉波，正好供我的小手一一捏去。母親對我是很放任的，不管我怎麼樣蹂躪她的肚，甚至我的手指鑽進她那深深的肚臍，母親均一概容忍。

我的手在母親的肚上作踐了一番之後，往往又會向上進犯。當今世界崇尚瘦，那些坦坦然如機場跑道似的胸脯，每每需要些色彩鮮豔的布片來指示方位。母親卻從來不戴胸罩，因為她自有一對極豐滿的奶。我在暗中逕自摸去，從未迷失目標。但那奶的直徑與重量遠超過肚上的肉波，我的手指左右攻擊一番後往往會覺得有點累。累了也無妨，只需將手掌平攤，夾在母親的兩球肉團之間，讓那手心手背同時吮吸著母親的體溫。

有時我的身體還會作出一種有節奏的動作，我的小腹一緊一鬆地擠壓著母親的臀部，腿間會隱隱地滋生一種熱而脹的快感。

我那時偶爾還會尿床，但母親從不聲張，更不因此而責罵。清晨起來，母親會泡上一只熱水袋，放在尿濕的褥子上，蒸出一股淡淡的騷味。我的兩個哥哥也許可以聞到，但我做了賊心卻不虛。妹妹比我小，尚未學會自我辯護，自然是理所當然的替罪羊。

但母親對她的胯部是很警戒的，有時我的小手會稀里糊塗，迷失方向，往下夢遊一番，剛觸到幾根毛髮，便會被母親一把抓住，押送回來，放回她的肚上。我想那毛髮一定類似貓的觸鬚，睡著了也保持著警覺。

我的手在母親的身上周遊，常常會與妹妹的小手小腳遭遇，但似乎從來沒有發生過什麼衝突。有時妹妹還會將我的手指吮吸一番，吸不出什麼名堂便開始咬，用她那些尖尖細細的乳牙，有一點兒痛，但很好玩。我和妹妹如此同享母愛，保持著很融洽的共生關係，也許正是由此而發展出我們倆成年後的一段難言的甘苦。

不知道為什麼，八歲之後，母親便將我趕到北頭去睡了。每天夜裡，四條男子漢擠在同一張地鋪上，像精心設計的服裝裁剪紙樣，頭腳交錯，構成了一幅相當複雜的圖案。半夜起來撒尿，往往先得使勁地搬掉幾根壓在身上的腿，還得提防不要一腳踩在誰的臉上。

頭幾夜我很不要臉地哭，哭著要回母親那兒去睡。兩個哥哥笑我，我也不在乎，但我一哭母親便打鼾，才讓我自覺沒趣。幾乎和斷奶一樣，過了十來天才慢慢習慣了。

觀音的腳指

腳是極難畫的。我在藝術系裡學了四年，但每逢人體素描，我往往還會憑空加上些來路不明的物體，遮去那模特兒的腳指頭。

東西方藝術比較理論往往認為中國繪畫注重神韻而不屑形似，人體解剖似乎從來不是歷代中國畫師的課程。古松下的醉仙往往只是一團樹根的隆起，大筆揮揮，抑揚頓挫，有個大概的意思就可以了。但我家的那張觀音像，卻以精細而逼真的工筆線描，挑起了一個少年的萬絲情念。

中國的女子裹了數百年的腳，三寸金蓮和櫻桃小口上下把關，把世世代代的美女們囚禁得苦。觀音女士雖來華多年，但想必她那張梵國護照依然生效，保護著她那一雙天足四處走動，一步一潭健美的腳印，亮閃閃地積蓄著女神的慈愛……。

那張觀音像貼在我家的東牆上。解放前樓下原來是家中藥店，店名「太乙」，我們這間閣樓便是「太乙藥房」的倉庫。觀音像的四邊空白上寫滿了各種記號、年月、數字、姓名，好像觀音娘娘曾當過他們的帳房先生。我家搬上閣樓後，母親撕去了四壁泛黃的糊紙，卻沒有驚動那張觀音像。那是一張水墨畫，不是原作，畫的下方沒有畫家的印鑑，卻套印著龍虎萬金油的廣告。也許是漏雨，或是泛潮，那石灰牆的硝毛透過紙背，給觀音娘娘的秀髮蒙上了層淡淡的白花，好像那超凡脫俗的仙子也無法逃脫歲月的煎熬，然而她那一雙裸足卻依然那樣楚楚動人。

觀音娘娘踩在一朵蓮花上，左手提著一支拂帚，右手捧著一只瓷瓶。那長裙的流紋從觀音的腰間瀉下，在腳背上濺起了一片水花，那些腳指便在水花間游動。

我說那腳指游動，並不全然是舞文弄墨。我記得每逢家中無人，我的心思常常會從習字簿或算數簿上溜開，雙手支著腦袋，眼盯盯地看著觀音的腳。那些腳指頭確實是在游動，從畫上游入我的腿間，在我的胯襠裡激起一陣微微的搏跳。

我記得有一次過年，母親帶我們兄妹四個上城隍廟去玩。城隍廟的正殿裡供著許多佛像，過年過節常有些信男善女給那些佛像披紅戴彩，或供上些糕點水果之類，讓神仙們享用。那次我們看見一位老太太，在觀音像前恭恭敬敬地獻上了一個紙盒，我們覺得好奇，停下來想看看那紙盒裡裝的是什麼。那位老太太見有人注意她，便頗有點得意地打開紙盒，從裡面提出一雙皮鞋，一雙當時十分流行的尖足紅皮鞋，端端正正地放在觀音腳下，彷彿只等觀音從蓮花瓣上走下，在裙邊上擦擦腳指頭，套入皮鞋，「囈囈」地走到正殿對面的點心店裡去吃碗小餛飩。我不由得大聲地罵了句：「觸那娘的皮！」

母親在我頭上拍了一巴掌，說：「觀音娘娘面前不許罵人！」

又來了！母親有時候確實很可笑，家裡有了張觀音像，動不動就抬出觀音娘娘來嚇唬我。你說觀音娘娘面前不許罵人，那父親怎麼老在觀音娘娘面前打人呢？還有你，母親，怎麼能天天在觀音娘娘的鼻子底下把一塊塊豬肉切了又切，還熬得油氣沖天呢？其實我想，只要你是個好人，觀音娘娘自然知道，不要你拍馬屁。要是你是個壞人，就是天天假裝正經也沒用。

我知道出家當和尚是很苦的，不能吃肉，不能回家，還不許討老婆。但我想，如果觀音娘娘能收我做個小徒弟，不吃肉就不吃肉，不回家就不回家，不討老婆就不討老婆，我什麼也不求，不求死後上天堂，也不求來世升官發財，我只求觀音娘娘永遠讓我當她的小徒弟。

但我這個小徒弟能做什麼呢？

我能洗腳，我能替觀音娘娘洗腳。

洗澡

也許是一種補償，自跟母親分床不久，我便結識了我的第一個女友，她的名字叫林田。林田是我的同班同學，我三年級，她也三年級；我九歲，她十八歲。

林田的母親在蓬萊里給人當保母。那蓬萊里離我家只有四、五家門面，是一條清靜、整潔的弄堂，住的都是些醫生、律師、經理、校長之類的「老卡拉」。黃包車進進出出，車鈴叮噹，車夫吆喝，我們這些趴在弄堂口打彈子的「小赤佬」（小鬼）慌忙閃開，眼盯盯地看著水泥地上的玻璃球被輾得四下飛濺。弄堂口立著一扇高大的黑漆拱欄，幾頭獅子模樣的動物在一片彎彎扭扭的枝葉間糾纏掙扎，彷佛是一道鐵鑄的咒符，預言著一場不可逃避的大禍——十餘年後，文化大革命，蓬萊里成了紅衛兵們抄家的一條富礦，搞得夜夜燈火通明，鬼哭狼嚎，這是後話。

我坐在老虎窗（一種突出屋頂斜面的閣樓窗）外的屋頂上，常常可以看見林田的母親在那戶人家的陽台上，身子一弓一弓地搓洗衣裳。林田和她的母親寄居在她們的主人家，林田來我們家無數次，但我從來沒有上過她的家。

林田有一雙很大很亮的眼睛。也許是由於那兩隻眼睛個性太強，便常常有點各行其是，不太同步，所以林田的臉上總好像有點心不在焉的神情。

那時小學已開始採用國語教育，但林田的蘇北口音似乎很難校正，每次唱〈東方紅〉時，她總是把「照到哪裡哪裡亮」唱成「照到癩痢癩痢亮」，引起一場哄笑。那站在講台邊打拍子的老師很花了一番工夫校正她的發音，但總不見效，於是以後每唱到「哪裡亮」時，那老師便揚起一條手臂，指向林田，連連下壓，林田的聲部立刻降了下來，因而免去了許多麻煩。

但林田的珠算極好。她小時候得到過一位帳房先生的指教，加減法不在話下，乘除也打得飛快。林田熱心地想把她那一手高招傳授給我，無奈我毫無誠意，那算盤時常被我當作滑車，坐在屁股下滾來滾去，所以常常是一道算題尚未打完，忽然會一粒算珠半途而飛，逃出軌道，滾到不知何處去了。

上海解放初期，新政權熱情洋溢地掃除文盲，阿貓阿狗，癟三乞丐，大大小小，高高矮矮，連拖帶拉，盡數囊括，不收學費，奉送課本。癲痢頭還獲特別優待：開學第一天，新書上另加「複方硫磺膏」一盒。於是小學所所爆滿，加班加點，分上午班和下午班，我和林田是下午班。

林田每天下午都上我家的閣樓來，帶我一起去上學。夏天有時她來得早，碰上我在洗澡，她便坐在一邊和母親聊天。那時，我雖已不再與母親同睡，但我還賴著要母親替我洗澡。一個上午，東遊西竄的，又是汗又是灰，所以母親總是逼著我先洗個澡，換身乾淨衣裳再去上學。既然這個澡是為母親洗的，母親當然得分擔些責任。母親給我兌水，母親給我脫衣，母親給我抹肥皂。總而言之，我的責任就是光溜溜地躺在木盆裡，根據母親的要求翻過來翻過去。最後，還得由母親替我抹乾，將衣裳和褲子一一穿上。每次父親看見這般光景，總要氣嘟嘟地說：「嬌貓跳灶，嬌兒不孝！」

有一次母親正在給我擦肥皂，忽然爐子上什麼東西冒蓋了，母親便將肥皂遞給林田，讓林田代勞。我站在木盆中央，由林田給我擦背，然後是屁股，然後她將手伸進我的腿縫，往那要命的地方抹肥皂。我覺得癢癢的，有一種很奇怪的感覺，我不由得將雙腿夾緊了。林田擦過背後，叫我轉過身去，我裝著沒有聽見，林田想把我扳過去，我暗暗地反抗。不料林田抓著肥皂，轉到我的身前來了，把我嚇了一大跳！我雙手摀住胯部，一下子蹲了下去，濺了林田一臉的水。林田也吃了一驚，問我怎麼啦，我沒有回答，卻向母親求援：「娘，我肚子痛。」

母親看了我一眼，淡淡一笑，對林田說：「沒什麼，過一會兒就好了。」果然，只過了一會兒就好了。我站起身來，乖乖地由林田給我洗。我感受著她的手指和我皮膚的摩擦。不一樣，和母親的撫摸不一樣。被母親撫摸，我領受到的是一種渾圓的整體，或許是安全，或許是鬆逸，或許是舒適，或許是樣樣都有，交融在一起。我受之當然，並不去細細分辨。但林田撫摸我的皮膚，那感覺卻十分尖細，我能清晰地感到我那些神經末梢的微顫。我追蹤著她的手指，雖然絕不是為了防衛。

在母親懷裡，我肆無忌憚，赤裸裸地毫不掩飾。但在林田手下，我暗暗地學習偽裝和控制。洗澡時，我的頭時遠時近在她的胳膊下周旋，我裝得漫不經心，嘴裡哼哼著什麼小調，但我的眼皮卻一閃一閃地將那腋窩的祕密盡數攝下。有時，我的頭被拉得太近，超出了眼睛的最短焦距，無論我怎麼調焦，那目標仍然一片模糊，我便索性閉上眼睛，似乎已被折磨得疲憊不堪，其實我是在暗暗地聞著從她短袖根蒸發出來的氣味。那氣味很奇怪，微甜微鹹，有點像發酵過頭的酒釀，而那窩酒釀的棉絮中也許又混入了塊嬰兒的尿布，聞了有點兒頭暈，好像真的喝了碗熱熱的酒釀湯。有時我還能透過她那鬆寬的衣領，看見一對乳房，百分之一秒的曝光，卻一片雪白！我的手指不由得一陣緊張，但我學會了將那手指肌腱的抽搐稀釋成胳膊上的一片細細的雞皮疙瘩，悄悄地泛起，悄悄的褪去，誰也沒有覺察。

我知道，我悄悄地長大了。

蓬萊市場

林田牽著我的手上學去，我們要走過蓬萊市場。林田牽著我的手放學回家，我們要走過蓬萊市場。

蓬萊市場是一片廢墟。

有人說是「八．一三」挨了東洋人的炸彈，有人說是一盞鴉片燈引起了一場大火，總之那昔日的仙樂商場只留下了一片龜裂的地面，由那些紫紅色的磨石子去暗示逝去的豪華。然而廢墟上並沒有長出野草，從那些裂紋間卻滋生出一幅色彩斑斕的文化版圖。

寧波灘黃、紹興大板、山西梆子、山東大鼓、天津柳琴、廣東粵劇、正宗崑曲、滑稽說唱，各各在這片廢墟上用白粉圈起一塊地盤，努力地在那噪雜的市聲中爭得一個波段。

賣藥酒的把瘦嶙嶙的胸脯拍得山響，令人覺得那浸酒的不是虎骨，而是他的肋骨。

賣鼠藥的卻用事實說話，地攤上密密麻麻的一片老鼠尾巴，寒毛凜凜地幾乎使人聯想起奧斯威辛集中營。

爆米花的臉被煤煙熏得汙黑，一手拉著風箱，一手轉著爆鼓，每隔十來分鐘，便會拉長嗓子，吆喝一聲：「響——了——」然後用力一扳，轟的一聲巨響，炸出一袋白花花的爆米來。

那時還有羅宋人賣肥皂，那些流亡白俄的上海話大概還達不到巧舌如簧的程度，他們拍打著肥皂箱，只是一個勁地吼叫：「固本肥皂！固本肥皂！」那白皙的皮膚和漂洗成了淡綠的瞳孔似乎暗示著那肥皂的威力。

拉洋片的站在長凳上，打起大鑼，邊說邊唱，觀眾將頭簇擁在他的腳下，往一個個小孔裡窺探，我始終沒能付得起那五分錢，所以只能從那一排拱起的屁股去遙感那小洞裡的五光十色。

我也始終沒有買過一塊梨膏糖，但我卻是那位藝名為「小熱昏」的說書者的忠實聽眾。無論「小熱昏」如何賣關子，讓峨眉仙道的飛劍永遠停在空中，或讓採花大盜整夜在小姐的紅帳外窺探，我只是死賴著不走，極有耐心地聽他一邊乾咳，一邊吹噓著他那梨膏糖潤喉祛痰的奇效。

蓬萊市場的小吃更是百家爭鳴。

粢飯糰、粢飯糕、蔥油餅、高莊饅頭、小籠包子、芝麻湯團、酒釀圓子、排骨年糕、重油炒麵，從清晨六時一直要熱鬧到深夜方休。

賣生煎包子的把一口煎鍋敲得驚天動地，鍋中那些受盡煎熬的包子們給震得翻來覆去，一個個幾乎都要跳出鍋沿，墜樓自殺。

比鄰的經濟飯攤知道他們的飯桶遠不如鐵鍋結實，禁不起敲打，所以便竭力搖著一筒竹筷，嘩嘩作響，既招徠顧客，又乾洗筷子。

還有那些油花花的湯：牛肉湯、羊肚湯、大腸湯、肺頭湯、油豆腐線粉湯，三分五分一碗，很少有超過一角的。

蓬萊市場的小吃儘管熱鬧，卻與我們關係不大。既然關係不大，也就不覺得被誘惑得苦。放學回家，林田和我有時可以觀摩一番「根除足下痛苦」，看著那滿滿一瓶雞眼大驚小怪，但我們很少為一碗雞鴨血湯而動心。但有一天，林田照例牽著我的手，走過蓬萊市場，她忽然彎下腰來問我：「想不想吃生煎包子？」嚇了我一大跳！

生煎包子五分四只，如果一位顧客買上八只的話，便可免費享用一碗蛋皮湯。我倆稍稍盤算一番後便決定買八只，放在一隻盤子裡，算是一位顧客，但兩人共享。包子剛剛下鍋，我卻已經坐立不安了，我抓著盆子，站在鍋邊等。生煎包子，先用油煎，煎得半黃，便潑水悶蒸，以得底脆面軟的風味，蒸汽帶著油和葱的香味從木蓋的邊隙噴出，鑽入我的鼻孔，在嘴中凝成了一腔口水。木蓋呼地掀開，白汽瀰漫，還未等我看清，啪的一聲，一溜滾燙的包子已摔入了我的盆子中。

我把盆子放在桌上，跪在長凳上，呼呼地往包子上吹氣，卻聽見林田說：「九只。」

我問：「你說什麼？」

林田說：「他多給我們一只。」

我說：「外快！」抓起筷子，便要往下戳。

林田說：「等一等。」她端起盆子，走到鍋邊。

從桌子到火爐只有那麼三四步遠，但那傢伙將那鐵鍋敲得山響，我沒聽清林田對他說了些什麼，卻只見那傢伙從林口手中的盆子裡抓出一只包子，扔回鍋中。不料那包子彈性極好，乘勢一躍，跳出鍋沿，叭地一聲，淋落到那爐邊的水溝裡去了！我痛心疾首．不由得將桌子猛地一拍，罵了聲：「贛硊！」（上海方言，傻瓜蛋。）

林田卻托著盆子走過桌子，坐在我的身邊，和我共享那八只生煎包子和一碗蛋皮清湯。

我記得，我吃了六只。

文廟

沿著蓬萊市場往北走，不到五分鐘，便是文廟了。蓬萊市場的喧鬧雖然還隱約可聞，這文廟的圍牆兩側卻是另一番景象。

母親說，那文廟是為紀念一個狀元而造的。狀元是個什麼東西？母親說，狀元是最有學問的人，考試得了第一名。皇帝很喜歡那個狀元，打算把女兒嫁給他，不幸的是，那個狀元讀書太用功，不久便吐血而死。說到這裡，母親加了個腳注，說我離吐血尚遠，不必擔心。那狀元死後升天，變成了一顆星，叫文魁星，專管讀書人的事。夏夜坐在屋頂上乘涼，母親曾指給我看過。我早已忘記了那文魁星的位置，但我還依稀記得，那星紅紅的。

如果評定職稱，那文魁星大概可算是個教育部長，所以文廟大門兩邊的圍牆下便成了小書攤的領地。那些小書攤的書架設計得好，兩扇一組，中間以鉸鏈相接，開攤時打開，收攤時合攏，背來背去。書架前擺著數條矮矮的長板凳，收攤時那些攤主便將它們一一疊起，鎖在圍牆邊的那些老槐樹上，遠遠看去，彷彿拴著一匹匹瘦骨嶙嶙的馬，也許那位部長正在廟內召開內閣會議，討論如何加強對那些小書攤的領導和管理。

幾乎是一年四季，只要不是颳風下雨，那些小書攤的書架總是依牆而立，一排溜地拉開。各類小書的陳列高度與其讀者的身高相合，書架的最高一層陳列著些三國演義、武俠傳奇之類，我記得當時我得踮起腳尖方可夠及。最低一格是些龜兔賽跑、熊大哥、狼外婆之類的玩意兒，專供那些穿開襠褲的鼻涕蟲們趴在地上挑選。新書一分錢租一本，舊書一分錢兩本。那些坐在長板凳上的讀者們大都願意與「臭蟲」們分享樂趣。「臭蟲」是書攤主送給那些付不起租金的免費讀者的雅號。

「臭蟲」們叮在合法讀者的背後，左邊一個，右邊一個，有時中間還有一個，建立起了一個頗為融洽的共生群落。「臭蟲」們雖然不出錢，但幾乎都願意出些力，承擔些義務，比如說給那合法讀者跑腿去買根冰棒，或張開一個巴掌，擋住小書上的太陽，或搖著一把蒲扇，與眾人同享清風。但有時看到一半，忽然好人壞人討論開來，甚至三四隻手從背後同時伸向那本小書，引經據典，將小書不知翻到何頁去了，惹得那位合法讀者煩惱起來，一氣之下，把身後的「臭蟲」統統趕走。但臭蟲們涵養極好，轉悠轉悠地又湊了上去。

我便是那些小臭蟲之間的一隻。

由於我有時還能幫那書攤主買包香菸、泡壺開水什麼的，所以我幾乎成了隻合法臭蟲，享受著類似美國大學中的教學助手的待遇。有時遇上個小讀者抓著枚一分兩分的硬幣，東張西望不知選哪本小書好，那攤主便讓我給他們挑，我當然非常樂意。但我是按我的身高來挑書的。選得書來，便反客為主，我坐著，讓那個出錢的小東西站在我的背後，當我的臭蟲。當然，也不能剝削太甚，我一頁一頁地講解，講得那小東西頻頻點頭，覺得那錢花得並不冤枉。

文廟是我們兄弟三人常去玩的地方。有一次我在文廟的池塘邊挖出了一窩白白的蛋，我興沖沖地拿給兩個哥哥看。大哥說，大概是蛇蛋吧，二哥害怕了，說趕緊扔了。我又害怕又捨不得，提心吊膽地捧在手裡往回走。那天太陽很辣，走到半路，一顆白蛋「啪」的一聲裂開了，一個小東西爬了出來，我嚇得幾乎撒手，但定神一看，是隻小烏龜！我火速地跑回家去，將其餘的蛋放在碗裡，擱在窗外的屋頂上曬。一會兒工夫，四、五隻小龜便嗶嗶剝剝，一隻接一隻鑽了出來。然而那些小龜們只在我家待了一夜，第二天一清早，母親硬是押送著我，把那些小龜們送回文廟，倒入那池塘裡去了。母親說，那池塘是放生池。母親還說，你們兄弟三個都是讀書人，雖然讀的是新書，但最好還是不要去得罪文魁的好。

文廟裡的殿都被釘上了門。那時，新政府的宗教政策尚未來得及嚴厲，那些殿與塔的關閉大概是出於安全考慮，因為那些建築早已朽爛不堪，但那正是咱哥兒們探險的好地方。由於煙火斷絕，那正殿被麻雀占領，嘁嘁喳喳，在眾神頭上拉了許多白屎。我們兄弟三人雖不信佛，但踩在那神像的肩上掏雀蛋時，被那一對巨大的眼珠子瞪著，也不免有點寒毛凌凌的。

在文廟的南頭，有一座七層的木塔，名叫魁星閣，有一次夏天的傍晚，放學後天還很亮，那天語文課我們剛學了一首叫〈延安的寶塔〉的詩，回家的路上，我硬拉著林田，要讓她見識見識真正的塔。

魁星閣和其他殿堂一樣，早被封門，但我自有暗道。我扳開幾根木條，叫林田往裡鑽，林田連連搖頭，我也並不過分勉強，只是說，那我一個人進去，說著我便鑽了進去。果然，林田也鑽了進來。

塔裡很暗，一束夕陽鑽進板縫，斜斜地切在那文魁星的臉上，把一只積滿灰塵的眼球照得鎧亮。幾隻蝙蝠驚飛，光束中塵土繚繞，那眼球好像在冒煙。

林田抓緊了我的手，抖抖地說：「我們還是出去吧。」

我說：「進也進來了，還不爬上去看看？」

我拉著林田往上爬，木梯在腳下嘎嘎作響。

林田說：「等一等，還是讓我先上的好。」

於是林田在上，我在下，我們倆一層一層地往上轉。林田那天穿著條裙子，每當她越過那束透入的陽光時，我便可以看見兩條腿。每轉一圈，那腿便閃爍一次，開始一兩圈，我未作準備，沒看清什麼，後來幾次，我抬起腦袋，暗暗等候，陽光雖然還是那麼一閃，但我卻看見了她那白白的小腿，腿彎，甚至還有半截腿根。但那最後的一閃，卻使我吃了一驚，我看見那腿的內側彎彎扭扭的一行血。

我趕緊叫住了她，說：「林姐姐，你的腿給劃破了。」

她停住了。藉著從頂層窗洞裡漏入的天光，我看見她將手伸進裙子摸了摸，忽然坐下了，她笑了笑，掏出條手絹，塞進了裙子。

回家的路上，我覺得她走得很慢。

那天晚上，我頗為得意地把魁星閣的探險告訴了母親，也順便提及了林田的那點小傷。母親問我她傷在哪兒，我叉開腿，往腿的內側指了指說：「她這個地方流血了。」

母親淡然一笑。忽然那笑僵住了，母親的臉上露出了明顯的害怕。

我問：「怎麼啦？林姐姐傷得厲害，是不是？」

母親說：「不是。」

我說：「那你怕什麼呢？」

母親說：「那地方，女人去不得。」

大約過了一個多月，雷雨將臨，我坐在老虎窗口看烏雲，突然一聲極響的雷！我嚇得翻下窗台，滾進屋來，把一只鋼精鍋子踩得扁扁的。

魁星閣被雷劈去了一只角，成了蓬萊路上的一大新聞，一時間紛紛揚揚，各有評論。有人說，那塔裡出了條蛇精。有人說，那文魁像的腹中藏有清朝某個盜人的贓物。有人說，遭雷擊的那晚有個特務躲在塔頂，伸出了一根天線，向台灣發報。那最後一說似乎最有政治意義和科學依據。

四年級時，林田退學了。她結婚了，丈夫是個交通警察。

大約又過了二、三年的樣子，我已進了中學，林田上我家來過一次，我不在家，母親告訴我，林田是來辭行的，她和丈夫要回安徽老家去了，她母親也同去。林田的丈夫解放前就來上海當警察，解放後留用了數年，便被動員回鄉了。

以後便再也沒有聽到林田的消息。

幾十年來，安徽那邊天災人禍連綿不斷，但願林田一家平安！

屋頂往事

蓬萊路從476到486號共五間門面，這五間門面是連在一起的一幢三層樓房，我家便是480號的閣樓，而且唯有我家的閣樓開有老虎窗通往屋頂，所以這二十來米長的屋頂幾乎成了我們的獨家殖民地，極慷慨地補償了本土的窄小。

五〇年代初，蓬萊路四周樓房還不多，我家的屋頂便成了一塊四面臨風的高地。登上屋頂朝北望去，國際飯店、永安公司、百貨大樓、上海大廈兀然挺立在天邊。朝南望去，黃浦江輪船的煙囪在魚鱗般的屋頂間無聲地移動。

屋頂是我家翻曬被褥的好地方。上海臨海，即便是冬季潮氣也重，被褥數星期不曬，便又濕又冷，雖不至於像黃梅天那樣生出霉花，但每夜躺下去，渾身必冷冷地泛出一層寒毛。周末如逢天晴，樓下的各家各戶便早早地開始了對人行道的瓜分。一大清早，太陽尚未露面，人行道上即橫七豎八地擺滿了長凳，長凳上壓上片紙條，標明當日領地的歸屬。然後陽光從房屋的間隙漏入，在那些被褥上匆匆掃描一番就算了事。有時從三輪車上飛下一個菸頭，將被褥燒出一個大洞，也只有自認倒楣。

而我家卻得天獨厚，不必早起。上午的太陽自會將那屋瓦上的霜露曬乾，待到中午時分，滿屋頂的黑瓦已曬得溫熱，便將全家的棉被、草墊、枕頭之類一古腦兒地全部搬出老虎窗，花花綠綠地攤了一屋頂，一直曬到太陽偏西。晚上關了燈，滿屋子的太陽味。

如果下了一場大雪，那一屋頂的積雪便成了我家的清泉。爬出老虎窗，勺上一鋼精鍋雪，煮飯燒水便都有了，在這麼一個大都市裡，能獨家享用一方不受踐踏的雪，實在是一種過分的奢侈。只是有時風向變了，西頭的老虎灶的煤煙飄過來，撒上了些黑灰，但還是比自來水那股嗆人的漂白粉味好多了。我家那麼六口人當然無法消受那一屋頂的天水，很願與人分享。但三十年來，極少有人上我們閣樓來取雪，大概是我家成分不佳，汙染了那一方天賜的白雪吧。

還可以放風箏，那是春天的事。得風大，因為屋頂上不能跑。抓著風箏站在老虎窗的頂上，等一股勁風吹來，撒手讓風箏飛去，線軲轆溜溜地轉，一眨眼，那風箏的長尾便在空中悠哉悠哉地飄蕩了。當然，也有倒栽葱的時候，而且通常是毀滅性的，那麻麻密密的屋頂，你知道它栽到哪條街、哪條弄堂、哪個天井裡去了？所以我們兄弟三人從來不把風箏做得過分講究，風險投資，本錢不能花得太大。削上三四根篾竹，糊上幾張寫過字的毛筆紙，只求那些大楷字能在空中龍飛鳳舞一番。

夏天上屋頂乘涼更是一大樂趣。等太陽落山，往屋頂上淋灑一遍涼水，吸去些熱氣，一家老小便可爬上屋頂，盡享四面來風了。上屋頂必須赤腳，這是父親和母親一致的規定。不僅是為了怕踩破瓦，更要緊的是怕鞋底打滑，翻滾下去。家庭成員中有兩人加了額外的保險：妹妹和我。兩個哥哥多少還有點行動自由，但妹妹和我卻被夾在父母中間，稍有動彈，便有眼光射來，更有甚者，父親在妹妹和我的腰間各繫上手指粗的那麼一根麻繩，母親牽著妹妹，父親牽著我，活像兩條狗。妹妹尚小，自尊心尚未充分發育，但對我，堂堂一個小學生，成何體統！我真想大聲地告訴我的父母，我曾如何手腳並用在屋頂上爬得飛快，追得野貓喵喵叫。我還想告訴他們，我甚至在屋頂上抓到過一隻鴿子，如果不是被那鴿的主人要了回去，我準能在鴿市上賣得好幾塊錢。但我知道，我不能誇耀，更不能抗議，歷史的經驗證明，在父親母親意志統一的情況下，忍氣吞聲是唯一的出路。

其實父親才應該多加小心，他幾乎將一只煤爐滾下屋頂。父親那次大概是有點得意忘形，因為幾乎沒有人家能在屋頂上生煤爐的。每天清晨，一只只煤爐在人行道上冒著濃煙，那些生火的婆婆媽媽們咳著嗽流著淚，噼噼叭叭地往爐門裡搧風。過往行人並不抱怨，只是一個個消防隊員似地在濃煙中鑽進鑽出。但我家生爐子似乎從來不用蒲扇，把煤爐拎上屋頂，塞進團點著的報紙，然後只需往爐膛裡加柴加煤就是了。爐門朝著風，只需幾秒鐘，熊熊的火舌便從煙中噴出。

有一次父親不知何故竟沒將煤爐放穩，他剛要把一團點著的報紙塞進去，那煤爐一個翻身，骨碌碌地沿著屋頂往下滾，似乎下定決心要往下面人行道上的人頭砸去。就在翻下屋頂的一瞬間，那煤爐的拎手掛住了屋沿雨溝的一根鐵勾。兩邊人行道上一片驚呼，看著那二、三十斤重的傢伙在半空中晃悠晃悠。真是老天有眼，父親還沒有往煤爐裡加柴加煤，否則，即使爐子留步，那柴和煤熔岩般地瀉下，也夠父親消受的了。

待我稍稍長大，便歡喜獨自躺在屋瓦上，靜觀那雷雨前的天空。那低空的烏雲像空襲的機群，編成種種隊形，掠過頭頂，黑壓壓地飛往不知何處。但那高空的白雲，卻依然不動聲色，兀坐九天之遙，靜觀戰局的發展。我常常默數閃電和雷聲之間的秒數，以感受那空間的宏大。但天邊的閃電有時和江南造船廠夜班的電焊光交織在一起，很難區別。有時閃電極亮地一劈，還未等我數出一個字來，那雷便炸響。也許是靜電，也許是緊張，我感到毛髮聳然，但我並不動彈，聽任臉上的雞皮疙瘩向全身漫去，戰慄中融化中一種難言的快感。我的臉被雨點擊中，很痛，緊接著又是幾個點射，在瓦上撒著黑黑的彈痕。終於，暴雨開始了密集的掃射，瓦屋上蒸汽繚繞……

國慶節觀賞焰火更是一年一度的大事。十月一日從下午開始，不盡的人流便向人民廣場湧去，到了傍晚，那廣場與四周的馬路便擠得水泄不通了，但我們一家如同顯貴，不必與芸芸眾生同流。傍晚，全家早早地吃了晚飯，母親為每人加了件毛衣，全家就上屋頂。還有些小吃，如香瓜子、爆米花、炒花生之類，邊吃邊等那天色漸暗。第一朵焰火終於凌空而起，沒有聲音，只是五顏六色地在空中展開，我們一齊歡呼，隔了約有五六秒鐘，才傳來一陣噼噼叭叭的爆裂聲。

我記得有一種焰花會爆出無數降落傘，每朵降落傘下吊著一顆照明彈，晃晃悠悠地在夜空中飄。秋夜的北風時常把那些降落傘朝我家的方向吹來，一朵一朵地越過我們的頭頂，很低，有時甚至可以看清那降落傘的傘繩。有一次，一朵降落傘吊著一顆藍色的光直朝我家的屋頂降下來，我們兄妹四人一齊驚呼起來。就在那球藍光掠過我頭頂的一瞬間，我伸出手去想抓住它，我的手指被燙了一下，那傘卻繼續往南飛去，越過一個又一個屋頂，不知落到哪兒去了。我們十分失望，失望之餘，一齊觀看我的手指，還一一聞過，好像能從我指端上那一抹黑灰領略到一點照明彈的神祕。

二哥小時候曾很迷上了一陣蟋蟀。他性情細膩，極有耐心，伺候蟋蟀如同奴婢。我和大哥雖不是行家，但也一眼便知二哥的那些寶貝只不過些本地土蟲，尖頭細腿，叫起來聲音不小，但一進斗盆，便只顧圍著盆底逃。但二哥對我們的譏笑並不在乎，十來只瓦盆每日逐只換水換食，刷洗盆底。天氣熱時，還一一將蟋蟀倒入清水，撲騰一番，名曰洗澡。蟋蟀浴罷歸盆，還得逐一用逗草引牙，引得那出浴貴蟲振翅鳴叫一番，抖去殘水，以免得風濕性關節炎。問題出在二哥動作太細太慢，那十來隻蟋蟀伺候下來，天已擦黑，不免把功課耽誤了，於是，母親決心干涉了。

有一天二哥放學回家，書包一放下，照例先向眾位蟋蟀請安。不料那裝蟋蟀的肥皂箱內一片狼藉——母親將蟋蟀盡數倒到屋頂上去了。二哥慌忙爬出窗去看，但那屋瓦千縫萬隙，上哪兒去找？二哥嚶嚶地哭了一夜。但那瓦縫卻成了蟋蟀們極好的巢穴，更有不盡的雨露苔蘚。每年初秋到冬至，夜夜蟲鳴不絕，數十年來，伴我們一家度過了許多艱辛。

初中一年級，我在學校的物理興趣小組裡製作了一架望遠鏡。那望遠鏡雖然只有兩片玻璃，但它的魔力卻令我迷惑不解：它怎麼能一下子就把遠處的東西拉到面前？要讓三輪車把你拉過去，或把那東西拉過來，起碼得花上兩三角錢。我是在屋頂上首次試看的，首先我朝南望去，那南邊有一座火警瞭望台，極高，聳立在天邊，只是黑乎乎的一個輪廓。但當我的單筒望遠鏡一對準它，我突然看見了那瞭望台的窗，窗裡有一個人頭在晃動。我凝神細看，竟發現那人也在觀察，握著一架望遠鏡朝我的方向觀察。我揚了揚手，那瞭望員也揚了揚手，我驚喜得大叫起來！不過，那火警瞭望員沒有工夫再和我搭訕，轉到別的方向去了。

然後我把鏡頭轉向對面的一幢房子，有三十來米遠的樣子，但我可以看見那屋角上坐著一隻黑貓，陽光把牠的觸鬚照得閃亮。我往下轉著鏡頭，對準了一扇窗，窗帘半開，可以看清窗帘上紅白相間的印花。我正要轉過鏡頭，我的眼睛卻定住了：

一個背，一個女人白白的背，在窗帘裡晃了過去，又晃了過來！我屏住呼吸，努力穩住鏡筒的顫動，企圖捕捉那目標的再次出現。我究竟等了多久，說不上來，也許只有幾秒鐘，也許有幾個小時。街心一聲汽車喇叭，把我嚇了一跳。我放下望遠鏡，眼花花地什麼也看不清。待我再次壯膽抬起望遠鏡，那窗帘已經拉上。

上大世界去

我家剛遷來上海的四、五年裡，上大世界是我們全家一載一度的盛典。

那時，父親在樓下的一家私營的膠木鈕釦廠裡扳車。膠木鈕釦是用膠木粉熱壓而成的。那壓機下方是一只炭爐，用以加熱壓模，壓機上方是一只鐵質大飛輪，直徑約一米左右，如同一只水平放置的舵輪，父親便是驅動那飛輪的扳車工。

當一個扳車工是很威風的，當那壓車下方的司模工將膠木粉加入壓模後，便順手噹地擊一下壓車，發出加壓的訊號，父親便抓住飛輪的把柄，一聲吼叫，腰臂一齊發力，那飛輪便骨碌碌地轉動，「咣噹」一聲，那壓模在飛輪的衝擊下被緊緊地壓住了，然後是兩分鐘的加熱，待那壓模內的膠木粉熔結成形。工間裡很熱，即使在冬天父親也光著上身，那木炭桔紅的火光把父親的身影投射在牆上和天花板上，父親的肌肉在晃動的黑影中閃著油亮，那是我記憶中最強健的父親，上海剛解放那年，我父親才五十多歲。那時，父親每月的工資是六十元，大米的價格是每斤八分，豬肉每斤六毛，那四、五年是我家在上海的鼎盛時期，生存有餘，便思娛樂了。

大世界是一座綜合遊樂場，三〇年代，由一個叫黃金榮的青幫頭子所建，在橫跨解放前後的三十多年裡，每日從下午二時到晚上十時，向數千名遊客提供種目繁多的大眾娛樂。票價也相宜，成人每位一角五，兒童一角，由於價廉物美，所以得早早地排隊。下午一時開始售票，我家早晨八點便興沖沖地出發了。

出發前的準備工作做得極為充分。母親早已為全家的各個成員漿洗了一套衣服，所謂「出客披」，摺疊得方方正正，壓入箱中備用。星期日上大世界，星期六下工後，父親便帶著他的三個兒子去剃頭。其實我家的隔壁就是一家剃頭店，那白白淨淨的店堂裡放著一行厚重的躺椅，四面八方盡是鏡子，明晃晃的讓你不知朝哪面看才好。雖然那剃頭店的老闆是我一個同學的父親，但我從來沒有在那店裡剃過頭。為什麼要在店裡剃頭呢？父親的理由是極有說服力的：你的椅子做得再講究，你的鏡子擦得再亮，我又吃不得。於是父親率領著他的部下，越過那悠悠旋轉的紅白燈，雄糾糾地朝向我家的社會地位走去。

那剃頭攤設在文廟的東牆下，一把嘎嘎作響的木椅，三支竹桿支著一個搪瓷臉盆，面盆下搭著一條灰不溜秋的毛巾。那面長滿了霉花的鏡子雖然看不清什麼人影，卻能讓西斜的陽光耀得你睜不開眼睛。

由於我家是那攤的老主顧，每次又是集體行動，所以一向是享受批發價的：小孩每人八分，大人一角，洗頭另加兩分。但那二分錢是從來加不到我們兄弟三人的頭上來的。小人為什麼要在攤上洗頭呢？父親的理由又是極有說服力的：老虎灶上泡一熱水瓶開水，一分錢就可以洗三個頭！但父親自己卻省不下那筆額外開支，因為他是剃光頭，而且還要刮鬍子，乾剃乾刮即使父親的頭皮熬得了，那把瑞士貨的剃刀也挺不住。

星期六晚上準備吃的。油煎餅和炒麥粉是我們大世界之行的乾糧，油煎餅亮閃閃地裝滿了一個大號飯盒子，若有剩餘，則由等候一旁的三個兒子分享。炒麥粉更香，炒得焦黃時拌入半包紅糖，略略冷卻後便壓入鐵聽（罐）。父親的大巴掌把聽蓋拍得死緊，斷絕了兒子們的邪念。

第二天清晨，全家早早地起來，母親從箱中取出「出客披」，讓各人穿上。一色重磅老布，又經米湯漿硬，臂腿略一移動，便嘩嘩作響，如同盔甲，刀槍不入。

當然，父親必須在三天前向派出所報告，請求批准。雖然父親將故鄉那三十來畝土地扔在身後，但仍在千里之外的上海被劃為地主，管制三年。所謂管制，大概就是接受監督的意思。父親雖被管制，但那一年一度的大世界之行幾乎總是得到批准的。

「不許亂說亂動！」那位負責管理蓬萊路街區的張民警最後總要照例加上句警告。

「是，是，不許亂說亂動。」父親照例點頭哈腰，退了出來。

唯有一次，父親的計畫被推遲了一個星期。那個星期天蘇聯外交部長訪問上海，父親和母親，還有大哥，受令在家待了一天，那年大哥十二歲。

我記得第一次上大世界時，妹妹還在吃奶。老大清晨的給莫名其妙地折騰了一番，上路時便在母親的背上一顛一顛地睡著了。母親的手裡挎著一只沉甸甸的竹籃，竹籃裡是碗、筷、調羹、杯子、油煎餅等，用一條白手巾蓋住。

父親左手提著一大聽炒麥粉，右手提著兩只八磅的熱水瓶。大世界裡有茶水供應，一分錢一杯。父親說，那簡直是搶錢！大世界離我家約有一小時的路程，我的兩個哥哥跟著父親走，我卻騎在父親的肩上。清晨的陽光把父親的光頭照得油亮。我的手在父親新剃的頭皮上擄來擄去，有時還能在耳輪背後摸到幾根沒有刮去的殘根，我尖著指甲試圖把它們拔出來，父親便會將腦袋一甩，鼻子裡哼的一聲，大概是對剃頭師傅的馬虎表示不滿。

九點鐘左右，大世界門口的隊伍已經排到了後面的雲南路上去了。我們在人行道上坐下，輜重攤了一地。父親也許是馱我馱得累了，他背靠牆壁，伸開雙腿，腦袋一歪一歪地打起瞌睡來了。母親則解下背上的妹妹，撲在她的腿上，換上塊乾淨的尿布，然後解開對襟褂子，在噪雜的市聲中靜靜地給妹妹餵奶。

我們兄弟三人卻閒不住，一溜煙地跑到大世界後面的廣東路去看蟋蟀了。每年秋天，那廣東路便成了上海蟋蟀市場的中心。江浙兩省的名種蟋蟀在這兒雲集，更有不遠萬里從雲南、廣西、山東來的怪種。蟋蟀盆更是品目繁多，店門兩邊堆著的是一、兩角錢一只的瓦盆，櫥窗裡卻用絲綢托著上百元一只的清代龍盆。引蟋蟀的逗草也貴賤分明，便宜的五分錢一包，二十來根，名貴的卻用紅木盒子裝著，草莖上纏著紅綠絲線，一對售價三十餘元。我們兄弟三人大驚小怪了一番之後，便常常在牆角那些丟棄的竹筒子裡翻尋，希望能從那個竹筒子裡倒出隻「獨腳仔」什麼的。蟋蟀沒有找到，便各各塞了一口袋竹筒子回來。二哥說，舊竹筒通風透氣，蟋蟀住在裡面，比我們住在閣樓上還舒服。

我們兄弟三人在廣東路轉了一圈，回到隊伍中，往往已經是十一點左右了。廣東路是蟲的中心，雲南路則是吃的首府，粵菜館、川菜館、湘菜館、京幫、徽幫、錫幫……正是午餐時分，店門一開一關的，把一股股蒸汽和油氣送到人行道上。

正如廣東路上的那些蟲子與我們無緣，雲南路上的館子也與我們無分。父親母親從竹籃裡取出碗筷，打開飯盒，撬開鐵聽，在人行道上擺開了我們的野餐。油餅抓在手裡便吃，但炒麥粉需用開水打糊。母親將炒麥粉勺到碗裡，從熱水瓶裡倒出開水，用筷子搗拌一番，打成一碗碗熱汽騰騰的麥糊，插入一支調羹，每人一碗，我們吃得咂咂作聲。母親用一支小匙，一邊餵妹妹，一邊留神過路的行人，不要踢翻了熱水瓶。過路行人常有停下來看稀罕的，但我們卻只顧吃，吃得光明正大，吃得心安理得，吃得心滿意足。

飛車走肉

五〇年代，如果你肯花上那麼一毛來錢，在蓬萊市場吃上一客小籠包子，一口咬下，一股鮮美的肉汁從你嘴角射出，將停在馬路對面的三輪車的後胎燙出一個洞來，在食客們的一片驚讚聲中，請不要忘記我母親與她那些孩子們的貢獻。

每天上午十時左右，母親提著一只竹籃，籃中蓋了條白手巾，走到包子攤的後面，悄悄地對那攤主說：

「貨來了。」

那攤主掀動著沾在嘴唇上的紙菸，問：「多少？」

「和昨天一樣。」母親答道。

「好。」

母親便用身子擋住坐在攤前那些食客們的視線，掀開籃中的手巾，將貨倒入一口瓦缸，蓋上木蓋，接過那攤主遞過來的錢，便悄然離去。

那貨便是使包子湯汁豐滿的成分——豬肉皮。也許是那肉皮的形象不佳，也許是為了配方保密，那些攤主們大都要求母親送貨時不要聲張。

包子的肉餡由二份精肉、一份肥肉配成。但要湯汁豐滿還需拌上一份肉皮。先將那肉皮煮爛，然後塞入搗肉機內搗成細末，與精肉肥肉混合。那肉皮雖賤，但蛋白質含量極高，冷時成凍，加熱後便成了一泡湯汁。

肉皮是母親熬製豬油的副產品。熬豬油的原料是奶脯肉，我們兄弟三人便是母親的收貨員。

每天清晨五點半，母親便將她的兒子們一一拖起。幾分鐘後，三個睡眼惺忪的男孩便各人挎著一只竹籃，沿著露水很重的石子路，往各菜場的肉攤走去。菜場的肉攤六點半開秤，我們得早早地去，去晚了便收不到貨了。我妹妹那時還太小，尚無法為家庭分擔義務，豈知日後卻為了我們的共同生存付出了更大的犧牲。

為了答謝我們的艱辛，母親每天早上在我們手中各各塞入一枚五分的硬幣。大餅油條攤開市早，兩分錢一只大餅，三分錢一根油條，大餅夾著油條，熱熱地捏在手裡，一邊走一邊吃。有時還可以換換花樣，五分錢一碗豆漿，榨菜、蝦皮、蛋絲、辣油，喝得渾身發熱。

我的那個菜場離家最遠，但我往往回來得最早，我自有我的訣竅。買到了奶脯肉後，我提著沉甸甸的籃子，搖搖晃晃地走出已經開始有點擁擠的菜場。走到蓬萊路底的十字路口，我便放下籃子，坐在街沿石上，小歇片刻。那時我才九歲光景，肌肉遠不及那奶脯肉豐厚，母親在竹籃提把上纏了好幾道破布，但依然扣進我的臂彎，又疼又麻。我覺得我完全可以借用我的飛車特技來減輕勞動強度，提高生產效率。

所謂飛車，是我七、八歲時常常玩的一種不怎麼正當的遊戲。那時幾乎每個兒童，也幾乎包括所有的大人，都看過一部電影叫《鐵道游擊隊》，而且往往不止一遍。那些游擊隊身懷絕技，可以在飛馳的火車上跳上跳下，使我們羨慕不已。城市裡沒有火車，於是那些倒楣的三輪車便成了我們進攻的對象。

三輪車後面有根保險桿，為緩衝撞擊而設置，卻成了我們棲身的好地方。我們三三兩兩地站在人行道上，小癟三似的顯出一番無聊的樣子，但一雙雙眼睛卻骨溜溜地跟蹤著那遠遠馳來的三輪車。那三輪車剛從我們身邊掠過，一個孩子便縱身一躍，飛身上車，雙手抓住那三輪車廂的後沿，腳已踩在那保險桿上了。但未必就是成功，往往是剛上車便被察覺，那車夫轉過頭來，大吼一聲，嚇得那偷襲者滾下車來，紅著臉忍受同伴們的哄笑。

火車由蒸汽推動，三輪車卻只靠肌肉牽引。七、八歲的孩子雖然不重，但要給那車夫兩條青筋梗梗的腿肚子加上那麼五、六十斤的載荷，又不讓他察覺，非高手而不達。我便是那時的高手之一。

如果借用我以後所學的力學術語來描述我的經驗，我的屢屢得手可歸功於「漸加負荷法」。

我先是跟著那三輪車跑，赤腳、腳指著地，貓般地無聲無息地跑。然後伸出左手，抓住車廂的後沿，右手抓住下面的保險桿，還是跑，但重心漸漸地往那保險桿壓去。那車夫也許會隱隱地感到那漸增的阻力，但路面的坡度，柏油的軟硬，風速的大小，太多的原因都會引起阻力的變化。如果那車夫時時回頭，不撞上電線木桿也會脖子轉筋。我的操作法雖不能最終消除我的體重，但其要點在於最大限度減少那極易暴露的「衝擊載荷」。如此跟跑過兩、三根電線木桿，待我的體重全部轉到那保險桿上時，我右臂的肌肉便將我的雙腳牽離地面，輕輕地登上保險桿。整個的飛車過程，負荷漸加，沒有突然的彈跳，沒有明顯的衝擊。然後效仿那游擊隊員，揚起一隻手來，向身後的伙伴們送去一個勝利的訊號。

當然，那只是鬧著玩的，現在我卻要務正業了。

一輛三輪車朝十字路口駛了過來，我依然坐著，不動聲色，但我卻在屏息運氣，暗暗地積聚力量。在那車夫的身子掠過的一瞬間，我雙腿的肌肉一個爆發，將我的體重，加上一部分豬的體重，從街沿石上躍起。我跟在車後跑，而且是提著一籃子奶脯肉跑，這對我是一場新的挑戰。我咬緊牙關，盡力不讓那籃子猛地一下子壓上保險桿。情況變了，但原則相同——「漸加負荷」。我的雙腿奮力地提供速度，我的雙臂卻更為艱巨地將那該死的豬平穩地送上保險桿。成功了！我跟著三輪車跑，現在是輕輕鬆鬆地跑了，因為我的行李已由三輪車負責運送了。至於我自己是否上車，這要由我對那車夫的潛在功率的判斷而定。如那車夫年輕而又肌肉發達，我就會認真地考慮是否再給他加點兒負載。如果那車夫年老而又肌肉疲鬆，我就絕不會過分貪心的。有時，太陽曬得柏油發黏，我還會彎下腰去，在車後輕輕地推上一把，讓老車夫喘過一口氣來。

我對母親保守機密，但我曾多次向我的兩個哥哥介紹我的經驗，甚至還示範表演。但哥哥們不知何故，對我的苦口婆心居然無動於衷。好幾次我飛車而過，回頭看著我的哥哥們滿臉油汗，一搖一晃地與那奶脯肉的重量搏鬥，不由得感嘆萬分。

沸油

我們將奶脯肉運回家後，母親便用一片鋒利的刀，將肉皮一一削下，然後將肉切成小塊，放入一口大鐵鍋中煎熬。屋裡先是蒸汽，然後是油氣。肉塊在鍋裡漸漸收縮，最後熬成了一顆顆棕黃色的油渣。這時，母親便將油渣撈起，將沸油勺入一只只瓷缸裡，任其冷卻成凍。油渣可以賣給豆漿攤、油豆腐線粉攤等，豬油則是陽春麵和小餛飩的下湯好料。如此過了大約二年，直至一場大難，幾乎斷送了我妹妹的性命。

那年我妹妹才三歲，穿著條開襠褲，露出兩條黃瓜似的屁股。她喜歡攀爬南頭老虎窗的小木梯。窗外的屋頂對她是一個巨大的誘惑。但她只許爬上三格，伸出一個腦袋，窺望窗外的世界。只要她的小腿往第四格上溜，屁股上準會挨上一巴掌。

妹妹的第二個禁區是那扇地板門，她時常把屁股翹得老高，盡力想把門掀起來，好幾次幾乎讓她得手。為了平衡那門的重量，她的身子幾乎要栽進那門洞裡去了，讓我們嚇了一大跳。因為地板門下是一只煤爐，是樓下住戶燒飯的地方，常常是一吊子開水突突響，蒸汽從地板門的縫隙間鑽上來。要是一頭栽下去，那還了得！我們提防著樓下煤爐上的那吊子開水，卻忽視了我們自己煤爐上的一鍋沸油。

記得那天放學回家，我在地板門下喊：「開門啊！」樓上沒有動靜，門縫裡卻往下滴水，我想一定是妹妹又把尿撒在地板上了。我舉手把門推開，手上又熱又滑，我把手湊近鼻子一聞，油！我吃了一驚，一躍而上，屋內一片狼藉。那口熬油的大鐵鍋翻倒在地，豬油流得四處都是。一只燙得變了形的塑料拖鞋躺在油裡，指示著當時的溫度。煤爐的煤球還隱隱的紅著，可人都上哪兒去了呢？

我簡直無法落腳，但我還是努力將鐵鍋端起，放上桌子，然後抓起一塊抹布，抹地板上的油。抹布吸飽了，便往鐵鍋裡擠，一會兒工夫，那鐵鍋裡便黑乎乎地積起了一潭汙油，樓下的那個住戶姜老頭脾氣大，平時漏下幾滴水他就會把我家的地板門捅得咚咚響，這一大鍋油淋下去，他那紙糊的天花板豈不成了一大張油煎餅了？

等姜老頭下班回來，還不知如何收場呢。我正憂心忡忡地想著，地板門下卻傳上來哭聲，我趕緊把門掀起，我二哥哭著走了上來，二哥一哭就打嗝，我好不容易才聽清楚——妹妹給油燙著了！我衝下樓梯，直往蓬萊醫院奔去。

在觀察室裡，我見到了妹妹，其實我見到的只是一個紗布團團，只留下兩個小鼻孔，一翕一翕的，讓我知道我的小妹妹還活著。

全家都在。

母親一邊哭一邊在繃布上撥弄來撥弄去，似乎那繃布的整齊與否與妹妹的性命息息相關。父親卻眼盯盯地注視著那葡萄糖滴液，那輸液滴一下，他的頭便點一下，或是他的頭點一下，那輸液便滴一下。

母親告訴我，妹妹把油鍋扳倒了。

紗布把妹妹的眼睛也裹上了。我心裡沉沉的，想到日後準要每天牽著妹妹走來走去了，但我沒敢把我的擔憂說出口。

第二天早上，我看見牆上的觀音像下放著一筒米，米上插著兩支殘香。香已燃完，米上落著香灰。米筒下壓著一張對摺的紙片。我把紙片打開，上面很笨拙地畫著兩隻眼睛。母親和我懷著同樣的擔憂，她也沒敢說出口來。

觀音娘娘，我知道你是很慈悲的。你也一定知道，我喜歡你的腳指頭，那算不算思想不好呢？如果你不喜歡我喜歡，那我不喜歡就是了。如果你喜歡我喜歡，我就一直喜歡下去。不管怎麼說，觀音娘娘，你能救救我的小妹妹嗎？讓我的小妹妹活下去，帶著一雙眼睛活下去。觀音娘娘，你一定知道，眼睛瞎了是非常難過的。有一次一隻蒼蠅叮在你的眉毛上，我舉著蒼蠅拍子，想打又不敢打，硬是讓那麼一隻大蒼蠅飛走了。觀音娘娘，你一定知道我捉迷藏常常偷看，其實我不是偷看，只是眼睛蒙上了，黑乎乎的怪怕人的。我知道燙傷了會有很多疤，疤就疤好了，別人不喜歡她，我會喜歡她的，我會一輩子和她玩的。

姜老頭沒有捅我家的門，他還買了一只大柚子來看望我的妹妹，他說柚子性涼，一定要讓我妹妹吃，可誰也不知道怎麼把那麼個大柚子塞進紗布的網眼裡去。以後姜老頭把他那天花板上的糊紙換了又換，可那油還是隱隱地透出來，引起老鼠夜夜在他的天花板上爬，把一粒粒老鼠屎撒在他的枕頭上。

派出所的張民警也上醫院來探望。他很嚴肅地把病床上的那個紗布團團察看了一番，轉過身來，對我父親和母親說：「以後一定要小心。」

我父親說：「是，是。小心，小心。」

我母親說：「是，是。小心，小心。」

大約過了十來天，醫生把妹妹眼睛上的紗布拆了。妹妹的眼睛閉著，護士用濕棉球把那些黏糊糊的眼屎擦了又擦。忽然，妹妹的眼皮一抖，又一抖，妹妹的眼睛張開來了！

我的心幾乎不跳了。

妹妹的眼珠子慢慢地轉著，從母親的臉上轉到父親的臉上，又從父親的臉上一一轉到她的三個哥哥的臉上，兩顆亮晶晶的眼淚滾了下來。

母親哭了，我和兩個哥哥也都哭了。

我知道，觀音娘娘是很慈悲的。

豬頭肉攤

我妹妹燙傷不久，母親便停止了豬油的營生。從時間前後來看，那件事故跟母親的停業似乎構成了某種因果關係，我也希望由此而寫出一章頗有文學趣味的，纏綿複雜的心理衝突。其實不然。我相信，即使我的小妹妹不幸被沸油燙死，但只要豬油能繼續為那剩下的三個孩子提供溫飽，母親一定還會毫不猶豫地每天生火熬油。且看那巴里島火山下的農民，岩漿顯然要比沸油可怕得多，火山頂那繚繞的硫黃煙氣遙遙在望，但他們只是默默地在稻田裡彎腰插秧，把一代又一代滾燙的記憶埋入那冷冷的淤泥裡。

母親停業的原因很簡單：國營油脂公司統一收購了上海市的全部奶脯肉。

於是母親開始了豬頭肉的營生，於是焦毛的臭味代替了豬油的煙氣。從原料的海拔高度來看，母親的行當似乎升了一級——奶脯肉從來不上架，而豬頭卻常常高掛在肉攤的鐵鉤上滴著血水。我們兄弟三人卻因此「失業」，因為每天只需一、兩個豬頭，母親完全可以自己採購。

拜拜，我的飛車走肉。

豬頭毛胡拉扎的，如用鐵夾子一根毛一根毛地掯，光一個下巴就可以把你折騰得鬍子發白。豬頭的去毛用的是黏剝法。煤爐依然是原來的煤爐，鐵鍋也繼續留用，但在鐵鍋內冒煙的不是豬油，而是松香。待那一大塊松香在鍋中融化，母親便將豬頭浸入，翻滾一遍，那豬頭便被松香包裹，然後浸入涼水，待松香冷卻凝固，剝下便是，豬毛被松香盡數黏去。那剝下的松香可回鍋重新加熱使用，只不過每多用一次，閣樓上的焦毛臭便重了一分。

豬頭去毛後便浸入老湯沸煮。老湯內各色作料大全：老薑、大蒜、醬油、料酒、紅糖、米醋、茶葉、茴香、肉桂，那萬般氣味蒸騰出來，連那屋梁上的木結也似乎被熏成了一隻隻五香鴨肫乾，挖下便可有滋有味地嚼。老湯越老越好。每次煮肉，加上一勺水，半匙鹽即可。雲南路上有家野味店，門匾上曾有「百年老湯」的金字。但母親那鍋老湯只享了三年天壽，便被個體戶集體化的浪潮蕩滌。

在那三年裡，母親每天下午四時挑擔出攤。她那豬頭肉攤設在小南門一家酒店門口，離我家大約有二、三里路左右。說來也巧，就是在那座和我有過「一面之交」的火警瞭望臺的陰影下。樓近三里，當刮目相看，那綽約的黑影，走到跟前，昂頭望去，埃菲爾鐵塔似的！

酒店和豬肉攤是一種共生關係。顧客們從酒店裡打了半斤高粱酒，順便在肉攤上切上兩片豬耳朵，回家便可細細地樂胃一番。同時，那豬頭肉的香味又時時提醒過路行人酒的樂趣。所以，那家酒店不僅讓母親在門口設攤，而且每天夜上收攤後，還容許母親把攤板、竹凳什麼的存放在店堂的灶披間裡。

中國人食無忌憚，堂堂一個豬頭，除毛和骨暫時尚未列入食譜，其餘盡為美味。耳朵、舌頭（號「門槍」，因「舌」為「蝕」的韻音，故忌之）嚼得有趣，豬腦卻比豆腐還嫩。連兩顆眼球也不冷落，用一頁荷葉包上，撒上些細鹽花椒，聽書時正好一口一個。

那時，我已入初中。晚飯後，洗個澡，我喜歡換上乾淨衣服，別上白底紅字的校徽，上母親的攤上去玩會兒。偶爾聽見某個顧客的一句大驚小怪：「哦喲，儂這個兒子，賣相好得來！」母親高興，連連道謝，滿面的汗珠被電石燈的火舌照得一閃一閃的。

是的，母親的攤上點的是一盞電石燈。電石燈即一個廣口玻璃瓶，瓶蓋上伸出一根細鐵管。往瓶內的水中投入一塊青灰色的乙炔，噗噗的一陣氣泡，火柴一點，一條藍幽幽的火舌便從管口冒出。但半寸火舌，一尺煙尾，繚繞著臭皮蛋似的氣味，揮之不去，敗壞了滿攤的肉香。

有一天我在牛莊路上的一個舊貨攤上看見一盞汽油燈，沒有頂，油泵也漏氣，那攤主只開價三角錢，我翻來覆去地看了老半天，還是拿不定主意。回家後我把大哥拉去，大哥看了半天，也拿不定主意，因為那三角錢畢竟是筆大款子。最後那攤主說，你買回去修修看，修不好拿回來，我把錢退給你，這才達成了交易。

我們兄弟三人祕密地忙碌了一個多星期，居然將那盞油燈弄亮了！那天傍晚，我在前頭開路，大哥和二哥用一根木棍將那亮得耀眼的汽油燈挑在中間，給母親送去。那掛燈的場面真是熱鬧，小孩子們圍在母親肉攤的四周，把酒店的門也擋住了，那店主站在門檻上，雙手連連揮動，想把那群「飛蛾」驅散。

小攤小販謀生不易，缺斤少兩幾乎成了經營特色，小販們玩些星裡星外的花招，占上幾分幾錢的光。但母親的手指沒有那麼靈巧，她從來不敢少給，而且往往在撒上細鹽後再切上一兩片零碎，讓顧客們高興。

母親從來沒有打過康樂球，但她不知從何處學到了那康樂球攤主們的營業高招。康樂球四人打或兩人打，兩分錢打一盤，由輸家付。攤主接過兩分錢租金後便給那輸家一張「獎券」，所謂獎券只不過是張一寸見方的硬紙片，上面蓋了個攤主的印章，積得五張獎券便可當作一盤租金。

母親知道自己的名字沒有豬頭肉那麼香，所以沒有往硬紙片上蓋她的名章。她讓大哥給她刻了個小小的印，一印一個小豬頭，紅鮮鮮的，很好看。每次顧客買了二兩以上的肉，母親便送上獎券一張。積上五張獎券，便可多得一兩肉。母親的苦心經營，也許還加上了我們的那盞汽油燈，使母親的豬頭肉攤漸漸地興旺起來，從半個豬頭開始，不到一年工夫，便每夜可賣兩、三個豬頭了。

五六年個體戶集體化，蓬萊區成立了個豬頭肉生產組，由八、九戶個體戶組成。那生產組的棚門口立了塊一人高的木牌，木牌上一行紅漆顏體：

中國共產黨蓬萊區豬頭肉生產組支部

母親被批准入組，全家都十分高興。

麻雀雖小，五臟俱全，支部書記兼政治組長，全脫產，豬頭人頭一把抓。生產組長和會計各一名，半脫產。開張儀式，支部書記作報告，指出了豬頭肉行業中的兩極分化，有的攤子越來越窮，有的攤子卻越來越富，這樣下去，又會重新出現剝削和被剝削，母親給說得十分慚愧。

個體戶集體化後，燙毛、煮肉集體生產，各肉攤從生產組領取煮熟了的豬頭出攤零售。閣樓上沒有焦毛臭了，也沒有老湯的蒸汽了。但不知何故，各種集體費用折扣下來，母親連電石燈也點不起了，改用蠟燭，鬼火幽幽的，照得那半爿豬頭盡打瞌睡。如此半死不活地拖了二年多，母親便託病告退，與豬正式脫離關係，不久便像林田的母親那樣，帶著八歲的妹妹，出門給人幫傭去了。

羊脂肥皂

我記得從小學一年級起，一直到初中畢業，我的身上一直散發著一股羊肉的氣味，以致同學們老以為我是回族。其實我家很少吃羊肉，那股羊騷味是用羊脂肥皂的結果。

母親在回娘家住的那十幾年裡，成了外祖父製皂業的重要助手。當母親改嫁父親時，外祖父便將他數十年來製皂的各類配方及工藝整理出來，抄成一本小冊子，給我母親作為嫁妝，很有點清華大學校長蔣南翔先生的「給學生以獵槍」之精神。小時候我學毛筆字時，母親便以那本製皂工藝作為我的字帖之一，外祖父那一手柳體小楷，可把他的小外孫整害了。幸虧在六六年時，母親將它和家裡其他的一些四舊一起銷毀了，否則，很有可能，我也會如法泡製，折磨我的兒子。

從老西門沿著西藏路往北走，不到大世界，有一家屠宰場，先叫「殺牛公司」，後名「上海牛羊肉公司」，那公司的臨街店面除了零售生熟牛羊肉之外，有時有些牛骨、牛肚、羊頭、羊尾之類的屠宰下腳出售。有一次母親讓父親用板車從那兒拉回來滿滿一籃的羊脂，那羊脂色如蜜蠟，質地十分細膩，只是羶味太重，連回民也很少食用，所以那牛羊公司便以極便宜的價格將那些羊脂盡數倒入了母親的籃子。

肥皂是油脂和苛性鈉的皂化物，苛性鈉是一種腐蝕性極強的化學品，母親在初入上海時便購得一箱苛性鈉。那箱苛性鈉很有可能是美軍的後勤物資，不知何故，流落到了一個地攤上和一些草綠色的美軍夾克、雨衣、水壺之類一起臨街出售。連那攤主也不知那一箱沉甸甸的是什麼東西。母親在那地攤上給我挑一根皮帶，她居然認出了那箱上的NaOH的字樣。那一箱苛性鈉年歲多了，聽頭的鐵皮爛出洞來，那攤主給那氣味熏得難受，便對母親說，如果她買那根皮帶，那一箱東西算是奉送。母親喜出望外，立刻讓我跑回家去，把父親叫來，兩人把那箱苛性鈉抬了回來。

如果說熬油難受，那製皂便是要命。

先將羊脂倒入鐵鍋，生火加熱。待那羊脂融化，溫度升至近攝氏一百度時，便徐徐將稱妥的苛性鈉倒入，邊加邊搗。這時，小閣樓便如同地獄。那羊騷味並不去說它，最難熬的卻是那苛性鈉味。苛性鈉一撒入沸熱的羊油，頓時騰起一股刺鼻的蒸汽，不僅父親母親嗆得連連咳嗽，三個圍觀的兒子也一齊鬼哭狼嚎起來。其實母親有言在先，只是我們好奇心太重，這才受了株連。我們逃上了屋頂，父親也掛著兩條鼻涕，抱著小妹妹爬了上來，由母親一人在蒸汽中搏鬥。

日後我在汽車修理廠裡工作，更是領教了那苛性鈉的厲害。汽車的發動機解體後，得放入一口方形的大鐵鍋裡去煮上個把小時，化去油汙。那鐵鍋裡沸騰的便是苛性鈉溶液。我之所以被指命設計一台密封式清洗機，是因為苛性鈉從那大鐵鍋裡辣辣地蒸騰出來，把好幾個操作工人的鼻隔膜給爛穿了。

苛性鈉加入羊油後大約四五分鐘，和羊油完全化合，那蒸汽才慢慢平息下來。皂化過程大約需要十四、五分鐘。一鍋皂液越熬越稠，稠到提起鐵勺，那滴下的膠汁細如竹筷，便可將鍋端起，擱至一旁，漸漸冷卻成乳白色的一塊，那便是肥皂了。然後將肥皂倒在桌上，用一根細鐵絲將肥皂切成小塊，收入木箱，便大功告成。

母親試圖出售這種新型肥皂，因為試用證明，它的去汙能力與其他肥皂不相上下。然而那羊脂的騷味居然頑固不化，熏走了所有的潛在顧客，結果我家六口成了那羊脂肥皂的唯一主顧。從那時起的十幾年裡，我家幾乎沒有買過一塊肥皂，洗澡、洗頭、洗衣均用家產肥皂。

行文至此，我謹將一非常現象提請海內外昆蟲學家們注意。我家那時臭蟲特多，夜夜作惡，吸血尚且不論，清晨起來，渾身奇癢難忍。數年來，滴滴涕、六六六、敵敵畏一一用盡，臭蟲未殺得幾隻，家貓卻毒死兩匹。但自從我家用上羊脂肥皂以後，臭蟲忽然拜拜，全軍撤退，一去不再復返。

爛水果

俗話說：寧嘗鮮桃一口，不吃爛梨一筐。作為一種養生之道，或作為一種處世哲理，都是極有價值的忠告。但我卻相信，我們全家的營養，甚至歡樂，都與爛水果有關。此刻，我的校舍外，北美洲的紫丁香正在夜色中盛開，但那蓬萊路水果批發行門口堆積的竹筐和蒲包，卻將那爛水果發酵的甜香，送過三十多年的光陰，幽幽地在我的鼻尖縈繞。

蓬萊路水果批發行離我家才幾十步遠，雖只有兩開間門面，卻負責著附近幾十家水果店的貨源。水果的季節性極強，整個冬天和春天，那水果批發行整天關著門板，考古學家似地數落著幾顆乾棗。但一到秋天，瞧它那氣勢！西瓜、雪瓜、黃金瓜、哈密瓜、黃蕉蘋果、紅蕉蘋果、青蕉蘋果、上海蜜梨、杭州鵝梨、天津雅梨、山東萊陽梨……脹得那店門大開，放肆地向兩邊的人行道擴張，整個蓬萊路的西端幾乎全是它的天下。連中華路口的交通亭也特地為那些沉甸甸的水果卡車開綠燈，生怕那些卡車一個煞車一個起步，滾得滿地的水果，孩子們不顧死活地衝到馬路當中來搶。

萬分感謝中國落後的水果保存技術，不管怎麼搶收搶運，經過船艙、車皮的一番折騰，那些瓜瓜果果總要爛去大半。然而這腐爛過程卻把水果的消費滲透到了像我們這樣的家庭。

最先上市的是桃。桃子經不住壓，尤其是水蜜桃，柳筐從卡車上卸下，幾乎個個都淌著蜜汁。不用秋風傳送，那一股股蒸熱的醇香逕自騰入我家閣樓的老虎窗，即使那時我已被大楷習字簿折磨得半死不活，我也必然會眼睛一亮，叫一聲：

「娘！」

母親一定也聞到了那氣味，而且也知道我的興奮絕非頓悟了什麼書法的真諦，於是她便揭開衣角，從貼肉的口袋裡掏出一角錢，順手從屋梁上取下一只竹籃，遞給我說：「小心卡車。」

我抓著那一角紙幣。那錢早被母親的體溫和汗氣蒸軟，捏在我的手心裡，更成了一團。竹籃沒晃幾下，便到了水果行的門口，準確地說，應該是那水果行的前沿陣地。因為水果行被無數筐簍、蒲包、板車包圍著，鬧哄哄的占去了大半條馬路。我知道時間還早，便坐在馬路對面的街沿石上，靜觀事態的發展。

我知道簍筐上層的桃子傷亡不大，所以從筐頂到筐腰我並不嚴加監督。但一當那些職工彎腰分檢筐底的桃子時，我便警覺起來。我站上街沿，踮起腳尖，跟蹤一只只桃子的去向。我不必花費眼神老遠地判讀那些桃子的成色，單憑那分檢者的動作便可明察那桃的好壞。如桃完好，他的動作便是輕輕放下。如那桃已爛，他便順手一扔，而我便要注意那爛桃被扔入了哪只木箱，等那木箱裝滿後，我還要注意那箱爛桃被裝上了哪輛板車。

我對那些零售店的板車早已瞭如指掌，即使是同一規格，我也可根據那板車鐵桿上不同的鏽色和撞痕判斷出它是屬於哪家零售店的。我不必等候那板車出發，我提著竹籃便逕自往那家零售店走去。不用跑，那板車尚未啟程，我有的是時間。

由於我在判斷情報上的權威，我的身後總會跟著那麼七、八只籃子，小孩居多，偶爾也有幾個大人。孩子們邊走邊問：「哪裡？哪裡？」聲音壓得低低的，生怕洩漏了機密，我有時回答，有時不屑回答，吹著口哨，晃著籃子，只管往前走。孩子們很講義氣，即使目的地就在前面，他們也極少譁變，只是跟著我，並心甘情願地讓我排在他們的前頭。那些大人們最討厭，活像一隻隻禿鷹，不遠不近地跟在獅子的屁股後頭。他們一個個臉色莊嚴，似乎在苦思著如何解放台灣。但我知道，他們正在暗暗判斷，我在往哪家水果店走去。一旦目的地明確了，那些傢伙便會毫不猶豫地過河拆橋，甩下嚮導，利用他們的長腿優勢，大步流星地把我們這群孩子扔在後頭。

在一般情況下，我對那種剝削或背叛均加容忍，讓那麼幾號大人排在我們的前頭也無妨大局。但如遇我心情不佳，或那箱中的爛桃不多時，我也會略施小技，把那些鷹鷲們作弄一番。我故意把他們往另一家水果店引去，待他們甩著臂膀從我們身邊掠過後，我知道他們不屑回顧，我便轉過方向，把我的部隊帶往那真正的目標。我的部下們雖然有時對我的那種迂迴戰術不甚理解，但他們始終尾隨，我從未使他們失望。

當我們在那水果店門口排起隊伍時，那店主會問：「什麼貨？」

孩子們便會齊聲回答：「爛桃子！」

店主便開始騰出貨位，迎接那即將到來的暢銷貨，隊伍迅速地增長，有人問，有人不問，反正有人排隊，總有便宜貨。

看見那板車遠遠推來，隊伍便會一陣騷動，頓時緊密起來。

新鮮的水蜜桃要三、四角錢一斤，但一爛便身價大跌，五分錢一斤冒頂了，但不能挑挑揀揀，由店主往口袋裡裝，有時稱一下，有時即不稱，兩斤上下不會太多，一角錢。

雖然裝了紙袋，但竹籃仍為必要。往往走到半路，那紙袋便被蜜汁溶化，我多次看見有人捧著只千瘡百孔的紙袋，不知如何是好的尷尬相。

然而對我來說，最大的考驗卻是拎著那爛桃子回家。我完全可以邊吃邊走，但不知是什麼力量竟能使我「坐懷不亂」，抵抗住引誘和挑逗，硬是把桃子如數提上閣樓。當然，有時也不免染指，伸出一根指頭，將那即將淌下的蜜汁蘸入口中。我想一定是母親稱讚的緣故。每次我將桃子提回家，母親總要大驚小怪一番，意思是說一角錢竟能買到這麼多桃子！母親的那番誇獎我聽過無數遍，但從來不會厭倦，而且和那爛水果的醇香融在一起，永生永世，留在我的記憶裡。

母親將桃子挑剔沖洗一番之後，然後泡上半面盆鹽水，將桃子浸泡上五、六分鐘。我不知那消毒過程是否符合衛生標準，但我們似乎從未因此而拉過肚子。在兩個哥哥和妹妹的注視下，母親從鹽水中撈起一只最大最好的桃子給我，我受之無愧，一口咬下，讓蜜汁從嘴角流下。然後母親挑上兩只，放入碗中，碗上蓋一塊紗布，那是給父親留的。父親下來是妹妹，妹妹下來才是兩個哥哥。我的兩個哥哥對這種明顯的等級似乎從未表示過抗議，也許是因為母親總是把自己排在最後一個。有時，分到最後，母親把竹籃提起來，越過我們的視線，掛上屋梁，似乎她的那份還在空中。

母親也有掏不出一角錢的時候，但她會在那水果批發行關門之後，彎腰在那只大鐵桶內翻尋，時常也能提上那麼半籃子東西回來，當然更爛。但經過母親細細地剔，細細地洗，居然能在晚飯後將一碗水果「沙拉」端上桌來，五花八門，但乾乾淨淨，讓她的孩子們吃得喜歡。

有一次母親提了一籃子菠蘿皮回來，放在一只石臼裡，研成漿，然後倒入麵粉袋裡，絞出漿汁。那是我第一次喝到的菠蘿汁。美國的菠蘿汁不貴，塊把錢便可買到一大聽，但我每次喝菠蘿汁，總不免想起那天晚上，母親將手掌湊著燈光，挑了半夜的刺。

父親老了

父親在膠木廠裡做工的那幾年裡，幾乎每個星期天都帶我們兄弟三人去洗澡。膠木廠發洗澡票，每天一張。但我家就在膠木廠的樓上，父親下班後往往打上一盆熱水，上上下下抹一遍就算了事，所以那洗澡票很有積餘，成了他的三個兒子的享受。

那浴室在光啟路，走去大概要花上二十來分鐘，但我卻不用走，父親總是讓我騎在他的肩上。騎在父親的肩上是很威風的，不僅突然比我兩個哥哥高出了一大截，而且周圍行人的下巴一下子都變成了頭頂。這種透視的變化常常給我一種不可一世的感覺，彷彿印度王子的騎象出遊。但給我印象更深的卻是那最後一次騎在父親的肩上。

那年我八歲。我記得那是國慶節的前一天，天氣有點涼，母親為我們每人都加了件毛衣，並再三關照，從浴室出來不要貪涼，得趕緊穿上衣服。「秋風冷過冬雪」，尤其是剛洗過澡，毛孔都開著。

照例我們兄弟三人先下樓，站在人行道上等父親。一逢上要出門，那閣樓便一下子變得不可容忍的小。父親終於下來了，我照例背轉身子，叉開雙腿，等待父親的雙手插進我的腋下，奮力一舉，將我騰入空中，然後穩穩地降落在父親的肩上。是的，父親的雙手照例插了進來，照例的奮力一舉，照例騰入空中，卻遠遠沒有達到預定的高度。我的雙腳離地兩尺許，沒有上升，也沒有下降，只覺得腋下一陣抖動。如此僵持了幾秒鐘，我重新返回地面。我覺得很奇怪，轉過身子，抬頭看著父親。父親也覺得奇怪，他望著自己的手，彷彿突然多出了一根指頭似的。

幾片黃葉飄落，從父親的腳邊滾了過去。

父親的背微弓著，細細的汗從額頭滲出。

兩個哥哥已經走到拐角處，他倆站住，轉過身子，等父親和我。

「我自己走。」說著我便要往哥哥們跑去。

「站住。」父親指著路邊的一個救火龍頭，說：「站上去。」

那救火龍頭一定是很有些年代了，雖然漆得通紅，但那鐵鏽依然癩蝦蟆皮似的從紅漆下爆出來。我順從地爬上了救火龍頭。父親走下人行道，彎下腰來，一顆光溜溜的腦袋往我的腿彎伸了過來，我叉開了雙腿，我的雙腿離開了救火龍頭，我又騎在父親的肩上了。我朝下望去，父親的兩隻大腳一前一後地走，要不是那些鋪路石子往後掠去，就很像原地不動的樣子。

我雙手抱著父親的光頭，是上個星期剃的，毛渣渣的，有點兒扎手。我看到一簇簇白白的髮根，那麼多，從父親那油光光的頭皮鑽出，在陽光下和那細密的汗珠一起閃亮。我過去一定也看到過那些白髮，但那時大概是沒看懂，白花花的不知道是個什麼意思。但那天，我似乎看懂了些什麼，心裡掠過了一絲淡淡的悲哀。

我騎在父親的肩上，一顛一顛地往前走。菜場已經收攤，散發出一股爛葉和雞毛的氣味。茶館裡還有些老頭們坐著，時不時發出幾聲帶痰的咳嗽，我又想起了二哥的那些蟋蟀來了。

蟋蟀由二哥飼養，但每次鬥蟋蟀，卻是我們兄弟三人的共同享受。二哥的那些蟲子算不是名種，但鬥上十場。瞎貓碰上了死老鼠，贏上個二、三場也是常有的事，即使鬥敗了也不要緊，配上個肥肥胖胖的三枚子（母蟋蟀），關上幾天，就又精神抖擻了。

盛年的蟋蟀頸圈上有一層淡淡的絨毛。秋風一場一場地颳，那頸毛便一層層地褪，待到白露一過，那頸毛便全部褪盡，露出和父親頭皮一樣光亮的甲殼。雖然早已不鬥了，但二哥還是每日加水加飯粒，但不必小心翼翼，即使忘了闔上盆蓋，也不要緊，那蟋蟀已跳不出來了。用逗草逗牠的尾槍，也還會轉過身來，但懵懵懂懂地不知逗草何在。半夜有時也會叫幾聲，但早失去了金屬的鏗鏘，有點像樓下姜老頭的咳嗽。飯粒一連數日也不見減少。於是，某個早晨，屋瓦上凝了一層白霜，打開瓦盆，那蟋蟀縮成一團，再也不動了，我心裡掠過的也是這種淡淡的悲哀。

我和大哥曾偷偷地玩過父親的那台膠木壓機。趁下班沒人，往壓模裡加了幾勺膠木粉，然後大哥和我一起用力扳動飛輪，往那模子上加壓。但那飛輪並不是哐噹一聲撞下去，而是扭扭捏捏地好不願意。過了幾分鐘，打開壓模一看，哪是什麼鈕釦，簡直就是豆腐渣。更糟糕的是，那豆腐渣黏在模子裡，怎麼摳也摳不出來。事發之後，大哥和我挨了一頓好打。但以後每看見那飛輪在父親的肌肉下飛轉時，我心中便充滿了崇拜。

母親給我們做鞋，每次只做一雙，母親說，我們年年在變，但給父親一做就做幾雙，父親是不變的。蟋蟀們會一年一度地衰老，但父親的肌肉卻永遠不會消退，他那壓機的咣噹聲會永遠震撼著整幢樓房，我會永遠地被父親奮力一舉，高高騰入空中。

忽然，我的信仰動搖了。

那天洗完澡，我是自己走回來的。

礦石收音機

初中一年級的時候，我迷上了好一陣子的礦石收音機。

礦石收音機是一種不用電源的收音機，收音機撿波用的是硫化銅，它是一種金色的天然礦石，礦石收音機因此而得名。

我用三合板做了一個很精巧的木盒子。不用鐵釘，鐵釘會干擾電波。我硬是用小刀把每塊三合板刻出犬牙齒，再用牛皮膠對縫黏合起來。砂皮打磨後，裡外塗上白漆，以防木板吸潮，改變電容。手指彈上去，那小木盒「蹦蹦」脆響，道地的細木匠功夫。

由於礦石收音機能源極其弱微，所以各接頭的電阻必須越小越好。雖然書上說，接頭可以絞合，但我那架礦石收音機中所有的接頭均為焊接。焊接得用電烙鐵，十幾塊錢一支，我哪裡買得起？於是我撿了塊鐵疙瘩，磨去鐵鏽，放在煤爐上燒，就算烙鐵了。錫焊需用焊劑，我從附近的汽車廠的廢電瓶裡倒了點電瓶液，我知道那電瓶液是硫酸。我將廢電池的外皮剝下來，那是鋅皮。將鋅皮剪成小片，投入硫酸，一陣氣泡後，便成了硫化鋅溶液，上等的焊劑。

撿波的礦石，無線電商店有現成的賣，三角錢一粒，貴且不說，我也不信任那大規模生產的質量。那時牛莊路是業餘無線電器材的集市，我從那兒買了栗子那麼大的一球硫化銅，才一角錢。我把那塊金閃閃的礦石磕碎，細細挑選，挑出三、四顆最完整的晶粒，一一試驗，最後把那粒最好的裝上了我的礦石機。當然，不管怎麼精益求精，你不能奢求空中那麼點電波的能量把一對二十四吋的喇叭箱震得瑟瑟抖。但如果我把耳機掛在我枕邊的木柱上，夜深人靜，那耳機裡吱吱作響，像有一窩小老鼠似的，連睡在屋那頭的母親也能聽得見。

那時上海已有兩個廣播電台，一個用普通話廣播，一個用上海方言，再加上由上海轉播的中央人民廣播電台，我那架小小的礦石機便能收到三個電台了！當然，那紙筒線圈也有力不從心的時候，在收聽上海人民廣播電台的民族音樂時，那中央人民廣播電台的新聞廣播忽然哇啦哇啦起來，好像隔壁的夫妻吵架。然而這種「夾音」現象有時也有好處。當一檔蘇州評彈在沒完沒了地拖腔時，一陣銅管樂忽然沒頭沒腦地從那琵琶的腸弦間鑽了出來，我便趕緊把調諧器撥過去，大號小號地聽個熱鬧。

作為一個中學生，我對那些奶聲奶氣的少年兒童廣播節目，如《小喇叭》、《紅孩子》之類早已不感興趣，我那時最喜歡的節目是單口相聲和外國音樂。德高望重的漢語在侯寶林（北京著名的相聲演員）那對嘴皮子的挑逗下常常樂得忘記了它那五千年的高齡。那時中蘇尚在熱戀之中，卿卿我我之外世界並不存在。所謂外國音樂即蘇聯音樂，而蘇聯音樂也就是些列寧頌、史達林頌、祖國頌之類的玩意兒，但畢竟洋腔洋調的很好聽，聽了幾回我居然也能抖著舌頭，屋裡屋外地唱起來。

礦石收音機的唯一能源是無線電波，天線的功能不僅是接收訊號，而且也是收集能量，所以天線越長越好。由於上海空間窄小，大多數礦石機只能從窗口伸出架蜘蛛網似的天線，可憐巴巴地捕捉些撞上網來的電子。但我卻得天獨厚。由於只有我家的老虎窗能通往那一長溜房子的屋頂，所以那二十來米長的斜坡是我架設天線的獨家領地。

我起先用的是鐵絲，當然鐵絲也能收到電波，但鐵的電阻太大，嚴重地降低了天線的Q值。後來樓下膠木廠的一台電機燒毀了，得重新繞線，我便自告奮勇地幫助那電工，把燒毀的漆包線從電機的線槽裡拆下來，當然那廢線歸我所有。我將那漆包線編成了一根多股的銅絲天線，兩端各用一只小瓷瓶絕緣，陽光下瓷瓶雪白，銅線錚亮。新天線一接上，那耳機幾乎吼叫起來！

新天線安裝後一個多星期後，張民警上我家來了。父親母親照例必恭必敬等候訓話，但張民警卻轉過身子，對我說起話來：

「你是曹海泉的兒子，是不是？」

「是的，張民警。」

「你叫曹冠龍，是不是？」

「是的，張民警。」

「你和你父母不一樣，你可以叫我張同志。」

「是的，張、張同志。」

「你是在市南中學讀書，是不是？」

「是的，張同志。」

「聽說你裝了架收音機，是不是？」

「是的，張同志。」

「有幾個電子管？幾個波段？」

「我裝的是架礦石機。」我往我睡的地鋪指了指。

「是你自己裝的，還是你父母裝的？」

「我自己裝的，張同志。」

「你父母聽不聽？」

「讓我想想。我母親聽過一回，她說那耳機夾得她耳朵疼，以後好像就沒有再聽過了。」

「讓我聽聽，好嗎？」

「當然可以！」我不由得高興起來，「你要聽評彈，還是要聽音樂？現在是六點鐘了，有相聲，你想不想聽相聲，我給你調？」

「不用。」張民警擋住了我，他彎下腰，鑽進閣樓的尖角，他的大蓋帽磕了一下屋梁，帽舌歪到了一邊。只見他躺在我睡覺的地方，摘下大蓋帽，戴上耳機，左調右調地聽了好一會兒，才爬出來。然後他又鑽出老虎窗，爬上屋頂，來來回回將我那根天線很仔細地察看了一番。他那雙黑皮鞋莊嚴地踩破了幾塊瓦。

張民警終於又爬了進來。他拍了拍手上的灰塵，正了正大蓋帽，問我：

「你懂不懂外文？」

「不懂。」

「有人說你常常唱外國歌，是不是？」

「是嗎？哦，那是些蘇聯歌曲，其實我不懂俄文，跟著礦石機瞎哼哼的。」

「能唱給我聽聽嗎？」

「行。」說著我便抖起舌頭唱起來，一曲末了，張民警便說：

「唱得很好。你那台礦石機很不錯，能借給我帶回去聽幾天嗎？」

「當然可以。」我不由得有點得意起來，「如果你想要一台的話，我可以給你做，我還剩下好多材料，我還有礦石，還有漆包線，還有……」

第二天上午，房產公司便派人來把那幾片踩破的瓦片換了。幾天之後，居民委員會小組長把我那台礦石機送了回來。母親憂心忡忡地看著我把礦石機裝回我睡覺的地方。可我卻心安理得，照樣每天聽外國音樂，聽單口相聲，聽得妙處，格格地笑出聲來，將母親嚇了一跳，直到有一天我自己也嚇了一跳。

那天下午七點鐘，照例是外國音樂，我趕緊扒了幾口飯，便鑽進牆角，戴上了耳機。莫斯科小白樺歌舞團訪華演出，中央人民廣播電台實況轉播。正當那首熟悉的〈克秋莎〉唱到一半時，耳機裡掠過了幾聲天電的呼嘯，突然闖進了一個厚重的男聲：

「這是美國之音的對華廣播，這是美國之音……」然後又是一陣天電的呼嘯，那男聲消失了。〈克秋莎〉女聲合唱繼續進行，但我卻沒有跟著哼。我情不自禁地伸出手指，微微地調節著礦石機的旋鈕，試圖追蹤那渾厚的男聲。但只有天電在太空飄忽，那男聲幽靈般地再也沒有顯現。

我把耳機從插座裡拔了出來，掛上了木柱，我張著眼睛，望著那黑黑的耳機，大概是由於剛才調諧的緊張，我的手指有點抖。

過了不久，我們班上蓬萊電影院去看了場電影，電影名字叫《永不消逝的電波》，說的是一位共產黨的地下工作者，從敵占區上海向延安發報，最後不幸被日本人偵破，英勇犧牲。那日本特務用的偵破儀器能竊聽發報的內容，還能測出發報機的方位。電影完了，我一邊走一邊想，既然那儀器能偵測發出的電波，那麼不同樣也能偵測收入的電波？就好像河底有個暗洞，水面上便會出現一個漩渦。我在判刑布告上多次看到過「收聽敵台」的罪行，忽然，我覺得那四個字寒颼颼的。

我害怕了。

那天看完電影，回家已經很晚了。我摸黑爬上屋頂，抓住天線，使勁一扯，天線繃斷了，瓷瓶落在屋瓦上，發出清脆的撞擊聲。

然後我鑽進牆角，把我那台礦石機扳了下來，撬開後蓋，伸進手去，抓住線圈，狠命往外一拖，那礦石機頓時成了一隻開了膛的雞。

那年我十二歲。

殺的文化

我自很小的時候起，就耳聞目睹了許多殺。當然，與中國古典和現代的無數殺人妙法相比，我所寫的只不過些雞毛蒜皮的小東西，但我還是願意將它們記錄下來，為中華民族燦爛的文化作一點菲薄的貢獻。

鱔魚有兩種殺法。如果那鱔較粗，通常採用活殺。黃鱔滑溜，外行人往往無法下手，但在殺鱔者的手下卻動彈不得了。左手的三根手指上下交錯，鉸鏈似的將那黃鱔夾住，右手隨即將一根尖錐刺入鱔頸，釘在木板上。然後右手向下滑去，將那鱔的掙扎攎平，同時那食指和拇指間夾著的刀刃已將鱔頸至鱔尾的半邊鮮肉齊齊切下。隨後刀刃一轉，又是那麼一溜，那黃鱔便成了一條白骨，唯有那鱔嘴尚在不緊不慢地吐著血沫。活殺的鱔肉細嫩，但通常還是採用水燙。

那鱔魚的攤主並不自己燒水，菜場往往與老虎灶為鄰。那攤主將半桶鱔魚提到老虎灶的龍頭下，抬頭問一聲：「水開了嗎？」那老虎灶的司爐把頭一點，那攤主便把開水龍頭猛地一扭，一柱沸水瀉入木桶，那些鱔魚便在木桶中龍騰虎躍。那燙鱔的木桶設計得好，底大口小，極少有鱔彈跳出來。熱鬧片刻，那木桶內便安靜下來，唯有一大堆泡沫，啤酒似地堆在桶口。

相傳鱔能變蛇，因此殺蛇與殺鱔有些相似。三根手指夾住，一根尖錐刺下。但蛇得剝皮，所以接下來的程序便略有不同。殺蛇者將蛇頭釘在木板上後，便用一把尖刀在蛇的頸部劃上一圈，隨後挑起一角頸皮，指甲扣入，用下猛地一扯，唰地一聲，那整張蛇皮便被脫下，血珠滲出白肉。我是在城隍廟蛇藥店裡看殺蛇的，與廣州的蛇味館不同，那兒的蛇不是用來做羹，而是取膽。那蛇脫皮後，殺蛇的便用尖刀在蛇肚上輕輕一挑，一顆青色的蛇膽便落入一只小小的酒盅，倒入少量黃酒，患者當場連酒帶膽一口吞下。蛇膽清火明目。晚年我父親患白內障，試了一味，未見什麼奇效，那店主說，須連服九膽方可見效，我父親只得作罷。

由蛇至龜，龜肉補陰，龜甲助陽，陰陽同體，所以那活龜呈中性。如同誘發靜電，若要取用那龜的能量，須將龜肉與龜甲分離。將龜側立於一塊石板上，用一鐵錘猛擊龜背與腹甲的連接處，待那兩側龜舷破裂，即將一片尖刀伸入裂口，沿著龜背與腹甲上下刮削。那龜的涵養極好，不論如何折騰，牠只是縮頭、縮腳、縮尾，一聲不吭，任你殺得心安。片刻工夫，一團紅鮮鮮的龜肉便剝離出來，沒有血，頭、腳、尾均在，好端端的，那心只是慢慢地跳。

鱉與龜相似，但殺法大不相同。將那鱉翻過身來，一腳踩上，那鱉性情暴躁，容不得此等凌辱，伸出一根長頸，青筋梗梗，竭力向下支撐，試圖翻轉過來，正好一刀剁下。

兔也有兩種殺法，普通肉兔只須將後腿提起，凌空一揮，將那兔頭在水泥地上猛的一擊便可。但殺長毛兔便稍稍有點離奇。長毛兔是為了取皮，毛皮商鑑定兔皮時，常常將手指夾著兔毛往下一梳，看看有多少兔毛脫落下來。長毛兔的殺法便是為強化毛和皮的咬合力而設計的。

取鐵條一根，直徑與中指相仿，尺半來長，一端銼成渾圓，一端裝上木柄。用時將鐵條置於火爐上加熱，待那鐵條燒得殷紅，便將兔從籠中提出，放在桌子上，然後由頸至尾，撫摸兔背，那兔給擼得舒服，便將尾巴撓起，兔的肛門一露，那通紅的鐵條便猛地刺入，兔嘴一張，還未叫出聲來，那鐵條已從口中穿出。正是這種奇特的刺激，使兔的全身毛孔收縮，將根根兔毛死死咬住。

我未目睹「金猴白玉羹」的食法，但我在文廟的舊書攤上見過一冊線裝本的食譜，在「金猴白玉羹」一欄下有張線描的插圖，以示那餐桌的結構。那桌由兩半合成，中央有一小孔，那猴頭伸出桌面，頸部即被那合攏的孔夾住，呼吸不礙，但卻縮不下去。桌下有幾根木檔，供那金猴棲坐。由於那插圖的吸引力，竟使我不顧那文言文的艱深，憑藉著母親硬塞給我的那點《古文觀止》，蹲在那書攤邊，硬是弄懂了那道名菜的花頭。

首先，那書上說，食客得香湯沐浴，餐具需用純銀製作。我還記得那書上的一句：「唯清心，唯純銀，方可使猴之精靈溶入腸胃，攝入心肺。」

待猴上桌後，便取沸油一小勺，淋於猴的天頂，將那猴頭上方的一簇毛髮燙鬆拔去。淋油時得小心，不要傷了猴的耳目。那書上說：「猴之耳目將天地氣韻盡數攝入，送至腦髓，不可傷之。」

燙毛可由小廝去做，開頂卻非上手親自操作不可。那銀錘磕擊天頂，太輕了，擊不破猴的腦蓋。太重了，猴給擊昏，更有甚者，毀了那天靈蓋下的玉羹。天頂擊破後，用銀夾將骨片一一鉗去，然後是剔膜。剔膜更需小心，那腦膜與腦體緊貼，如在剔膜時不慎將腦體挑破，腦漿逸出，「天機逸漏」，那道菜便算是廢了。腦膜剔除後，那「金猴白玉羹」便白白嫩嫩地奉獻在眾位貴賓的面前了。

至時那猴依然清醒，眼珠子一溜一溜地望著眾位食客，而食客們卻一個個閉目運氣，期待那神聖的時刻——破玉。破玉是莫大的榮譽，通常由一席中的長老或地位最高的人擔任。那破玉用的銀匙極小，只有半邊花生殼那麼一丁兒，但柄卻很長，破玉者將銀匙緩緩地伸至猴腦，輕輕往下一點，勺起半匙玉羹，慢慢送入口中，眼簾微閉，細細品味，然後啊了一聲，嘆出一口長氣，張開眼睛，目光炬炬地環視眾客，眾客一陣騷動。然後，從破玉者開始，由東至西，眾客一一品嘗。由東至西極為重要，如果循環的方向一旦弄錯，那天宇之氣便無法融入猴的精靈。

活魚宴是南京的名菜，非首長或外賓不能享用。倒不是那魚名貴，鯽魚、鯉魚都行，只是那烹調難度極高，整個南京就那麼一兩個廚師能對付得了。當年尼克森總統訪華，有位隨行記者大概是為了顯示他的中國知識，在記者招待會上忽然沒頭沒腦地發問：「活魚宴算不算四舊？」於是國務院硬是派了一架直升飛機，從南京把一位廚師接到上海，在錦江飯店裡表演「活魚宴」。中央紀錄電影製片廠將「活魚宴」的全部過程攝成彩色電影，向全世界發行，以示中國文化保存良好。

那電影以一口玻璃魚缸的特寫開始，幾尾肥肥的鯉魚在水中游動。然後鏡頭從魚缸搖起，一位廚師走近，笑吟吟地將手伸進魚缸，提起一尾鯉魚。特寫，那鯉魚水濺濺地拍著尾巴。然後切入廚房，一口油鍋冒著青煙。只見那廚師飛快地刮鱗開膛，將魚的內臟取出，然後兩根手指扣入魚鰓，將魚浸入沸油。一片沸油的劈叭聲，一二〇分貝，充分強調那油的威力。但那魚頭依然提在廚師的手上，離油面一寸光景，那粉紅的魚鰓在油氣中一鼓一鼓的。大約只炸了那麼二、三秒鐘，那魚便啪地一聲摔在一只腰圓形的白瓷盤上了。澆頭早已備妥：金針、木耳、野菇、香芹、蝦露、麻油、薑泥、蒜末，一勺淋下去，花花綠綠地蓋了那鯉魚一身。

一個長搖鏡頭，把魚送上了宴會。一陣歡呼，筷子飛下！

特寫：那魚身已成白骨，但魚頭如故，魚眼閃亮，魚嘴依然在一張一合……

中國人食無禁忌，兩支翼的不吃飛機，四條腿的不吃板凳。不僅吃，而且吃得別具一格，且舉兩樣飛禽為例。

油炸麻雀是一道大眾野味。捕捉麻雀不難，黃昏待麻雀棲林後，在樹林的一邊支起一張大網，然後在樹林的另一邊驟然打起大鑼。雀群驚飛，衝出林去，紛紛撞入網中，翅膀與網孔糾纏，一隻隻解下便是。難的是去毛。麻雀皮嫩，如死後去毛，那皮往往會與毛同去。麻雀已小得可憐，脫去了一層皮還有什麼吃頭？所以通常是採用活拔。活拔雀毛極費工夫，好在那麻雀在你手中掙扎，吱吱地叫個不停，解去了幾分枯燥。

我記得六年級時，小學生發明大獎賽的三等獎中有一位是我班上的同學，名字我已忘了，但綽號還記得，黑皮。黑皮的發明項目名叫「簡易殺鴿器」，那是市級比賽，得個三等獎極不容易，學校覺得光榮，特地召開了一次全校大會，請黑皮介紹他的發明。黑皮說他父親是一家野味館的廚師，紅燒鴿子是他的名菜之一。黑皮說，有一次父親讓他幫忙殺鴿子，老黑皮告訴小黑皮，小黑皮又告訴我們說，殺鴿不能用刀，去了血鴿肉吃起來就有點乾硬。說著黑皮便從講台下的竹籠裡提出一隻鴿子來，當眾示範。他先介紹傳統的殺鴿法，只見他左手抓住鴿子，右手的食指和拇指捏住鴿子喙上的兩隻鼻孔。那鴿子便開始掙扎，不一會兒，那掙扎便漸漸減弱，黑皮便鬆開手指，讓那鴿子緩過氣來。黑皮說，每隻鴿子都要那麼捏上五分鐘方能氣絕，他那天一連捏了二十來隻鴿子，捏得他手指頭都扁了，一連抖了好幾天，所以才萌發了機械化的念頭。

接下來，黑皮便示範他的發明，那「簡易殺鴿器」確實十分簡易，由兩只連在一起的夾子組成，一只夾子上下夾住鴿子的喙，一只夾子左右夾住鴿子的鼻孔，夾子頭上貼有橡皮，以防漏氣。只見黑皮將那對夾子往鴿子頭上一套，便順手將鴿子扔在台上。那鴿子扇動著翅膀，試圖拍飛起來，但那夾子下吊著一砣生鐵，於是那鴿子拖著腦袋，在台上古裡古怪地舞蹈了一番，終於安靜了下來。

這回，黑皮沒讓牠再緩過氣來。

雲南有道名菜叫「乳鼠」。養得一籠母鼠，配上一隻雄鼠，那乳鼠便一窩一窩地源源不斷了。那乳鼠只有一節小手指那麼長，粉紅色，沒有毛。一客乳鼠四隻，裝在溜金的小白瓷盆裡送上桌來，一扭一扭地，十分有趣。同時送上桌來的還有一小碟作料：芥末、花椒、醬油、麻油、白醋、紅糖之類，成分十分複雜，各家有各家的祕方，從不對外洩漏。吃法卻相當簡單，一雙尖尖的象牙筷夾起一隻乳鼠，浸入作料，讓那小東西在裡面扭動一番，香甜麻辣地滾了一身，然後夾起，送入口中，細細咀嚼。

「乳鼠」可以顧名思義，但「紫條」便很難猜測了。「紫條」是廣西的一味食療奇方，取小母牛一條，兩歲左右，青春初萌，但尚未配對。將小母牛牽到一口水塘邊。那水塘看上去與普通魚塘沒什麼兩樣，但那水塘裡養的不是魚，而是螞蟥。那小母牛憑著本能覺得那水塘有些異樣，踢著腳蹄直往後退，但最終吃熬不住屁股上的一陣鞭子，終於一步一步地踏進了池塘。那池塘裡的萬千條螞蟥早已等得心焦，剎那間便將那小母牛叮了個麻麻密密。

約莫過了五、六分鐘的樣子，那牛主便將牛連同一身螞蟥牽了上岸，用薄竹片將一條條吸得滾脹的螞蟥刮入木桶。那牛主雖無鐘錶，但時候掌握得極好。時間短了，那螞蟥未吸足牛血，時間長了，那螞蟥便會心滿意足地在水中脫落。待第一批螞蟥刮盡後，又將小母牛趕入池中。如此重複，木桶內的螞蟥漸漸加高，小母牛的血也漸漸枯乾。最後，牛主便將氣息奄奄的小母牛拖上岸來，送入屠房宰殺，取出子房備用。

再說那一桶螞蟥享受了半天牛血，也到了盡忠的時候了。待一鍋水煮得突突沸騰，便將那一桶螞蟥盡數倒入，幾乎必須立刻撈起，浸入涼水，然後再將螞蟥從涼水中撈起，攤在竹扁上滴水。幾名婦女圍坐在竹扁四周，用一尖細的小刀，一一將那燙死的螞蟥割開，翻出那紫紅色的血條，放入一冰鎮的瓷罐裡備用。

中醫認為婦女不孕乃血氣不足之故。牛血雖可補血，但火氣太盛，攝入體內，經久不散，怕日後會引起產後沖血。螞蟥終日棲身於溪水淤泥之中，性大陰，所以牛血經螞蟥那麼一叮，陰陽調和，血氣尚存，但燥火大減，構成了紫條補血滋陰的奇效。更有甚者，那螞蟥得天獨厚的伸縮能力，又能在冥冥之中為那未來的孕婦生產助一臂之力。然而紫條昂貴，農家婦女自然不敢問津，就是名門千金也沒有幾個能享用得起的。

用時先將那小母牛的子房細細切成絲條，配以當歸、山參、龍眼、魚翅、燕窩、紅棗，用微火熬上一個通宵。臨服時才將紫條從冰桶取出，放入湯中，稍稍一滾即可，千萬不能煮老了，一煮老那血氣便凝滯了。

牛奶風波

張民警的形象是很神聖的。他個頭很高，又很清瘦，走路總是不緊不慢的。從後面看去，他的屁股好像和他那塊文件夾一樣平，兩條褲縫從褲腰直直地切到皮鞋的後跟。就是在最熱的天氣，柏油被曬得發黏，灑水車一過，一片波動的熱氣，但張民警依然穿著全套制服，夾著他的文件夾，不緊不慢地在熱氣中走。遠遠地看見張民警白衣白帽，圍著消防水龍玩水的赤膊小鬼們便會一哄而散，水淋淋地躲在弄堂裡，伸頭探腦，看著他那頂大蓋帽慢慢遠去，這才重新聚集攏來。

不料張民警的神聖竟被幾滴牛奶敗壞。

張民警的老婆是街頭衛生站的護士，每天下午一點到五點，擺弄個紅藥水、紫藥水、體溫表、血壓表什麼的，但最要緊的還是打針。居民們在醫院裡配了針藥回來，每天在街道衛生站裡注射，又方便又便宜。她姓陳，居民們不分老少都叫她陳阿姨。陳阿姨戴著一副很厚的眼鏡，從側面望去，那藥架上的瓶瓶罐罐都給壓得扁扁的。但她打針打得好。陳阿姨為我打過幾次針，她先在我屁股上搔啊搔的，還沒等我覺察，針已拔了出來。她有時還給我繫褲帶，總是堅持把我的襯衣塞進褲子裡去，如果我萬一穿著襯衣的話。

陳阿姨上午管牛奶。一個街道，七、八千戶人家，能喝得起牛奶的才那麼五、六十戶，所以牛奶公司便將那五、六十瓶牛奶送到街道衛生站，再由陳阿姨推著板車一家一家地送去。我家與牛奶無緣，但我在路上見到她，我總會叫聲：「陳阿姨好！」陳阿姨那對眼珠子，就像倒著看望遠鏡似的，星光閃爍，很遙遠地朝我笑笑。

一天早上，我發現推牛奶的換了個人。同時，婆婆媽媽們，一堆一堆的，交頭接耳不知在嘀咕著什麼，一時間紛紛揚揚，弄得滿城風雨。

人們說，陳阿姨偷牛奶。但牛奶一瓶一瓶封得好好的，怎麼個偷法呢？人們說，她用一根最細的注射針頭插進封瓶的蠟紙蓋，每瓶抽出那麼一兩毫升的牛奶來，積少成多，每天就能抽得大半杯的牛奶了。但那麼小的一個針孔，怎麼會被發現的呢？人們說，蓬萊里有個醫生，有次他發現牛奶的蠟紙蓋上叮了幾隻螞蟻，他覺得有些奇怪，他湊近蠟紙蓋細看，發現了一個小針孔。他沒有聲張，又細心地觀察了三、四天，看到了三、四個同樣的針孔。他便把那三、四個蠟紙蓋送到牛奶公司去了。

不過，這都是大家說說的，不知是真是假，但陳阿姨不送牛奶了是真的，不打針了，也是真的。而且那些原來見了張民警就逃的賣棒冰的、賣水果的、擦皮鞋的無執照攤販們一改往態，張民警從人行道上走過，他們竟嘻嘻哈哈，照樣做各自的生意。那賣棒冰的把木箱拍得更響，拉長了嗓門喊：「牛——奶——棒冰！」那水果擔竟堂而皇之，把一圈剛削下的生梨皮扔在張民警的腳下。張民警聽而不聞，視而不見，白衣白帽，鈕釦一直扣到下巴，夾著那塊文件夾，不緊不慢地往前走去。

不久，陳阿姨搬家了，張民警也調防了，不知調到哪兒去了。

遣散決定

一九五八年初，一場強大的遣散人口的風暴席捲上海。那時大街小巷，路邊牆角，到處堆放著些桌椅板凳、罈罈罐罐，如不是貼著張「出售」的字樣，你一定會以為是颱風掀去了屋頂。

遣散的對象主要是無職居民和政治上有問題的人員。那時，上海市區的人口迅速膨脹，食品供應和住房分配都明顯地惡化，再加上五七年那場右派分子的騷動，表明了上海這麼一個歷史複雜的大都市確有再次清洗一番的必要。我父母兩個條件都具備了，沒有正式工作，又是流亡地主，既然是流亡進來的，當然可以流放出去，所以我們一家被列為遣散對象無疑是合情合理的。

我家要去的地方是寧夏。接到通知時，我父母不知那寧夏的東西南北。那地名聽上去頗有點南國風味，但打開地圖冊一查，那寧夏回族自治州卻像一片枯葉似的，夾在甘肅省和內蒙古之間。那本地圖冊對每省都有些地土風貌、人情鄉俗之類的簡介，裡面用了一句宋詞來概括那塞外風光：「風如刀，雪如斗，犛牛低頭走。」

接收我們一家的將是寧夏新生農場，那是一個勞改農場，但戶籍警明確地告訴我父母，我們一家並不是送去勞改。那農場一部分場員是刑滿釋放分子，即勞改期滿之後，留場工作，我們一家將和他們一樣，政治上享受公民待遇。

幾乎和人行道邊出售家具一樣熱鬧，電線桿上到處貼滿了花花綠綠的招工廣告：遼寧煤礦、山西鐵礦、貴州茶場、內蒙古水泥廠、雲南大理石公司……那些從中國版圖各個角落趕來的招工代表團們，一時間把上海那些三流四流的旅館擠得滿滿的，希望乘此良機撈上一把受過教育的勞動力。

上海人戀窠，不到萬不得已是死活不肯從上海灘裡拔出根來的。當時甚至還有人套用烈士詩抄的格局來抒發他們的胸懷：「頭可斷，血可流，上海戶口不可丟！」可那場遣散人口的運動一來，就由不得你了。反正得走，被遣散你毫無選擇的餘地，但去招工，去哪兒、做什麼，你多少還有點自己的主見。

於是，那些招工代表團們可忙乎開了。他們在各旅館的會客廳裡、餐廳裡擺開一長溜桌子，插上各自的旗號，雙手拍打著一頁頁的表格，呱啦呱啦，活像一群在甲板後撲騰的江鷗，爭搶著從船尾倒下去的魚頭魚尾。

五七年的夏天，我大哥高中畢業，沒考上大學，曾多次起過到外地去闖闖的念頭。但我父母說什麼也不肯，說是我們一家好不容易在上海站住了腳，好好歹歹，待在一起，日後總會有出頭的日子。但自接到遣散通知，父母的態度驟變，父親不拉板車了，母親也顧不上什麼豬頭肉了，兩人成天在外邊轉悠，從一根電線桿抄到另一根電線桿。晚上回來，便把一張張招工單位、招工地址攤在桌上，五個腦袋湊在燈泡下，從新疆飛往雲南，又從黑龍江直下海南島，天南地北，折騰到半夜還餘興未盡，小妹妹卻趴在桌子底下睡著了。

第二天一大清早，父親和母親便把我們兄弟三人拖了起來，母親煮好了三大碗麵，麵上各各一只荷包蛋，吃得我們渾身發熱，然後母親將昨夜選定的地址和一張一元的鈔票（！）塞給大哥，讓大哥帶著他的兩個弟弟去尋找出路。我和二哥有點擔心，說：「上課怎麼辦？」

父親猛地一拍桌子，大聲吼道：「還顧那些！」

是的，父母那時似乎是什麼都不顧了，只顧把我們兄弟三人送出去，天南地北，哪兒都行，只要不是那個新生農場。大哥到了招工的年齡，但二哥只有十六歲，我，十三歲，但母親恨不得把我那個七歲的妹妹也送出去招工。

大哥長得高大，又有張高中文憑，一個上午就搞到了好幾張表格。那些招工的傢伙們不看中你是不會給你表格的。我二哥便有點麻煩了，離成年還差兩歲，磨蹭了老半天，一張表格也沒有搞到手，我就更不著邊際了。好不容易擠到桌子邊，還沒等我開口，就被掃到一旁去了。

中午時分，大哥從糕餅店裡買了三卷蔥油卷。那玩意兒我吃過幾回，但總是三人分吃一卷，還得給妹妹留上一、兩片，現在卻是人手一卷！我們兄弟三人邊吃邊討論上午的戰果。二哥顯然有點喪氣。也許是由於我受了一上午的不平等，便產生了一種自發的革命情緒。我在二哥的後腦勺上拍了一巴掌，說：「你他媽的看上去活像個小老頭，就不能多報上那麼一、兩歲？」

二哥吃了一驚，察看大哥的臉色，大哥鼻孔裡哼了一下，不知是什麼意思。吃過蔥油卷，我們把嘴巴一抹，便起身往下一家旅館進發。

我知道我是不行的了，跟著兩個哥哥在人堆裡擠，只是湊個熱鬧而已。只見大哥擠到桌前，沒幾秒鐘便拿到了一張表格，但大哥沒有走開，卻從口袋裡掏出上午搞到的那一疊子表格，在那招工代表的臉前晃了晃，說：「我想找個單位能同時錄取我們兄弟倆。問題是，我弟弟的年齡還差那麼幾個月，你們看——」

瞧他那一手！我簡直要為大哥喝采了。

我二哥卻像個公共汽車上被抓住了的逃票，不敢抬起頭來。那招工的把二哥從頭到腳看了一遍，然後和旁邊的一個傢伙嘀咕了一番，竟然把一張表格遞給了我二哥！

兩個星期後，甘肅省的酒泉鋼鐵公司把我的兩個哥哥帶走了。

臨行前，我們一家上照相館去拍了張全家福，那張六吋的照片在觀音像左邊掛了那麼七、八年，卻在六六年的冬天取了下來，同時取下的還有那張觀音像，一起銷毀了——文化大革命來了。但我至今還清清楚楚地記得那照片上的每一個細節。

父親坐在正中，那時他已六十歲，眼泡已經下垂，但新剃的光頭依然繃緊。他穿著一條新的中式大襠褲，一定是漿得有點過頭，那褲的褶皺不像是布，而像鐵皮。父親穿著母親做的黑布鞋，底極厚，底下甚至露出了半截子馬蹄釘，讓照相館擔心他們的柚木地板。父親有一雙很有神的眼睛，甚至到了近八十歲蒙上了白內障，那白呼呼的瞳孔依然很亮，但在那張照片上，他的眼睛卻有一點兒散神。

母親坐在父親的左側，雙腿夾著妹妹，一定是那攝影師逗著她，妹妹咧開嘴笑，少了兩顆門牙。母親的頭髮黑而亮，整齊地梳在腦後，神情平靜而莊重。那年母親已四十七歲，但依然細眉細眼，臉盤豐滿，依然像一位唐畫中的仕女。

我站在母親的身邊，穿著一件毛衣，那照相機的鏡頭一定特好，湊近細看甚至可以辨出那毛衣的各色舊毛線。我戴著紅領巾，那紅領巾是綢的，結很小，卻蓬得很高。大哥卻穿著一件短袖海紋汗衫，肌肉斑馬似地起伏。他雄糾糾地站在父親的背後，左手搭在二哥的肩上，神色自信，自信他有力量保護他的弟弟，天涯海角。二哥站在父親的身邊，背有點彎，頭髮梳得整整齊齊，活像一個中藥房的小夥計。他是我們兄弟三人中最講究儀表的，每走過什麼玻璃櫥窗，他必把頭那麼一偏，然後往手心裡哈口氣，擄一下他的小分頭。

二哥在甘肅待了五年光景，到了六三年，那酒泉鋼鐵公司因為鐵礦不足而下馬，二哥被分配到了陝西省西安市，改行在一家糧食店裡稱米。一九七六年父親過世，那時二哥正在孜孜以求地申請入黨。怕奔地主父親之喪而影響了二哥的政治前途，我們在父親過世後一個多月才寫信告訴了他，二哥以探親為由而回家，那時，二哥已在西安成家，小分頭早已成了禿頂。

兄妹四人終又團聚，我們坐在母親的身邊，頭上依然是閣樓的斜頂，腿下依然是閣樓的地鋪。

母親說：「不難過。老天保佑，我和你爹多活了二十年。」

我們沒有吭聲，不知母親指的是什麼意思。

母親又說：「還記得那張全家福嗎？」

我們點了點頭。

母親說：「我和你爹那時就該死了，那張全家福是為了給你們兄妹四個留個紀念。」

母親說，她和父親那時什麼都準備好了，她為父親準備了一套乾乾淨淨的衣服，她為自己也準備了一套乾乾淨淨的衣服。信都寫好了，都貼了郵票，都封了口。一封是寫給衡陽的外公，那時外婆已過世。一封是寫給大哥和二哥，地址是他們即將抵達的甘肅酒泉鋼鐵公司。最後一封是寫給上海市孤兒院的，信中詳述了我和妹妹兩人的種種長處和短處。還特別提到了妹妹左臂上的燙疤，說那疤就是難看了點，其實並不礙事。如有人家願意領養，請務加說明。

三封信疊在一起，放在母親的枕頭邊。

母親把父親的枕頭從北頭的地鋪搬了過來，和她的枕頭並排放在一起。

兩大碗苛性鈉水已經化好，放在桌子上涼著，父親和母親決心以那種製造肥皂的化學品來洗盡對剩下的兩個子女的牽連。

我記得那天在北火車站送走了大哥和二哥，回家後，父親和母親帶我和妹妹上「大富貴」飯店，每人吃了一碗蝦仁麵。母親將她碗裡的蝦仁一一挑出，放進我和妹妹的碗裡。父親說：「笑話，再買一碗不就是了嗎？」從「大富貴」飯店出來，又帶我們上「逍遙池」去洗了個澡。母親帶妹妹上女賓池，父親帶我上男賓池。我記得那遞上來手巾都是香噴噴的。從浴室出來，母親給了我一張五角的鈔票，讓我帶妹妹去看場電影。我不記得那天看的是什麼電影，只記得看完電影，我和妹妹一人一根棒頭糖，一邊吸一邊往回走，甜滋滋的差不多把兩個哥哥都忘了。

我和妹妹一上樓，就被母親抱住了。她一手抱住我，一手抱住妹妹，渾身抖顫，哭得很傷心。

父親將一張紙遞給我，我一看，是張公安局的通知，通知上寫著：

「經研究，人口精減委員已取消對你家的遺散決定。」

母親盤腿而坐，面對北窗，目光不知聚在何方。

起風了。

鬆動的瓦片在頭頂上嘎嘎作響。小時候我們好像沒有聽到過這樣的聲音。老了，閣樓也老了。

我們兄妹四人靜靜地流淚，以此追悼我們的父親。雖然他是地主，雖然他打人，但他依然是我們的慈父。

二十多年過去了，究竟為什麼忽然又讓我們在上海留了下來，一直沒有人對我們作過說明。當然，也沒有說明的必要。

只是在那場遣散運動稍稍平息之後，大概過了半年一年的光景，居然有幾家被遣散的人又悄悄地在街頭出現了。有幾個婦女母親認識，閒聊下來，方知那些接收單位要的是勞動力，而上海市掃出去的有不少是老弱病殘的「垃圾」，所以那些接收單位最終又把那些「垃圾」掃了回來。

也許是父親的年齡救了我們？也許是妹妹的年齡救了我們？

還是不去猜的好。

夢遺

十六歲那年，我第一次夢遺。

上海的秋天常有幾天熱潮，稱作「秋老虎」。我想也許是那秋老虎反常的熱力，將我體內凍藏已久的某種東西熔化了；也許根本就是劫數已滿，童貞逝去，到了受苦受難的時候了。

那是一個星期天，父親照例帶大哥和我上「飽和」飯店去排隊吃豆渣糊。隊伍在人行道上移動，經過一個鞋匠攤，那鞋匠正低頭給一個女人修塑料鞋的搭攀。那女人坐在小板凳上，將一隻光腳擱在一個水泥墩上。那女人坐著無聊，便將那隻光腳翻來覆去，認真地剔著腳指間的沙土。那隻腳修長而豐腴，腳指很肥，圓滾滾地翻上來，幾乎要將那些粉紅色的指甲淹沒，很像觀音娘娘的腳指。

我看得出神，冷不防背上被推了一把，我吃了一驚，發現我的前面空出了一大段，由此可推算出我溜神的時間。心猿意馬只不過那麼十來秒鐘，便很快地回到了豆渣糊的競爭中去了，不料那些腳指頭當夜發難。

我夢見我被夾在一對腳指間。無法辨清我究竟在哪兩隻腳指間，因為我的頭離那腳背尚有一手多高。在我頭的正上方，一球汗珠正從粉紅色的褶皺中滲出，漸漸膨脹，越脹越亮，忽然破裂，淋了我一頭一腦。我的雙臂被夾緊，無法抹我的臉。我伸出舌頭一舔，滑而鹹，那氣味也奇怪，有點像發酵過頭的酒釀，而那窩酒釀的棉絮中好像又混入了一塊嬰兒的尿布。我覺得這氣味很熟悉，我的鼻扇連連翕動，卻怎麼也想不起哪兒聞到過。

我有點頭暈，腿也直發軟，好像有幾分醉，昏昏然就要睡去。我忽然一驚，我知道再不出去，便有被蒸熟的危險。於是我扭動著身子，拚命地掙扎。我的手臂終於拖了出來，但那半透明的肉波立刻填補了手臂騰出的空間，將我光溜溜的身體夾得更緊。我的手指在頭的上方摸索，希望能抓到什麼可以攀援的東西，但那些肉縫卻寸草不生。我終於摸到了一個汗孔，我將手指往裡伸去，卻湧出了一股透明的黏液。我試圖摳住那孔壁，稍一用勁，手卻滑了出來。我的腳指摳住了一條溝槽，我用力往下撐去，但我的身體卻沒有上升，而是那條溝槽往下陷去。我的小腿縮回，那槽壁卻又隨之彈起。

巴西雨林中的一種巨花，那花蕊裡分泌出一種黏液，甜而香，專門吸引南美的一種野貓去舔。那野貓邊舔邊往裡鑽，觸動了花瓣內的毫毛。花瓣猛地一收，那野貓便被緊緊地裹在花蕊裡，漸漸地被消化掉了。我知道我也要被消化掉了，因為我感到那四周的肉壁漸漸蠕動起來。奇怪的是，我的體內竟產生了一種脈動，與那肉壁的蠕動暗暗呼應。那分明是一種背叛，身體對意志的背叛。我徒勞地企圖控制局面，但那脈動卻在無情地加劇，起初還是暗暗地裡應外合，很快地便發展成了公然的譁變。當那擠壓住我小腹的肉壁回縮時，我的小腹竟恬不知恥地向前突去，追隨那後退的肉波！我知道大勢已去，便放棄了掙扎，聽任那消化液的滲透，聽任那消化壁的搓揉，我的身體在漸漸膨脹。

我忽然頓悟，這豈不是觀音娘娘對我的懲罰？但我究竟作了什麼惡呢？我暈暈然無法回憶。既然觀音娘娘要收我去，我去便是了，何必去辨什麼是非？生是磨難，死才是解脫，選擇死不容易，但一經選擇，我卻體驗到了一種神祕的快感。

我開始呻吟了，我呻吟著我周身的痛，但這種痛卻是一種心甘情願的痛，是一種讓你細細品味的痛。那痛感漸漸地擴散，失去了邊界，失去了酸痛，融化成一片麻酥，在周身那些膨脹得失去了彈性的肌肉索中蔓延開去。我的呻吟漸漸地變成了低吼，一起一伏，配合著纖維蛋白的消化。最後，那肉壁一個後退，又一個猛壓，我的喉頭壓出一聲嚎叫，身體驟然爆炸！

汽車學校

不知父親和母親為何那麼執著地希望曹家出個大學生，大概是一個大學生的價值便足可補償那背井離鄉的萬般辛酸吧。大哥二哥未能如願，父母便眼睜睜地看著我。初中畢業後，我報考了上海醫學院附屬高中，希望由此而步入高等學府，但我卻莫名其妙地被「上海汽車學校」錄取。

我從來沒有聽說過那所學校，在接到錄取通知單的同時才讀到了學校簡介，那學校是培養汽車修理技術人員的中等專科學校。我這叫做「分配錄取」，即教育局招生委員會從全市「不錄取」的考生中再篩選一番，挑些勉強可用的，分配給那些招生不足的學校。當然，這是大慈大悲的施捨，你感恩戴德，哪裡還會點菜？我覺得很不錯，醫學院學修人，汽車學校學修車，差不多。父親母親也很高興，說是兩個哥哥強多了。

於是，在一九六〇年秋天的一個早晨，母親為我準備了一箱衣物，把她的小兒子送下了閣樓。那年我十六歲，剛好跟二哥離家的年齡一樣。臨行時母親流淚了。其實那汽車學校就在西郊，我每個星期天都能回來，我想母親也許是觸景生情，想起了遠在大西北的二哥了吧。

當我提著沉甸甸的箱子走進校門時，我的第一印象是那地方像是一個農場。那荒場上的草長得像莊稼，有我下巴那麼高，齊整整的一片，極有氣勢，金黃色的草穗頗有詩意地在風中波動。「天蒼蒼，野茫茫，風吹草低見牛羊」。那草中不見牛羊，卻有數輛黑乎乎的廢卡車趴在遠處，似乎吃草吃得忘情，顧不得抬頭和我打招呼。其實在學校簡介中有言在先：師生們須發揚延安抗日大學的作風。但我在電影上見過延安，黃土包包，寸草不生。如果那學校簡介改寫成：師生們須發揚青紗帳游擊隊作風，我想也許可使入學的新生們在視覺上對學校有個比較正確的準備。但入學不到一個學期，我的那種失望便完全被敬畏所取代。

「上海汽車學校」是上海交通運輸局籌建的，我是那學校的首屆學生。解放初期，那交通運輸局所管轄的運輸力量百分之九十是人力車，主要由老虎塌車（大膠輪板車）、黃魚拖車（由自行車牽引的小型板車）和父親推的那種中型板車構成。數年後，中國便開始生產解放牌載重汽車。交通運輸局裡的那些隨著大軍南下的幹部們，曾頗為成功地將他們指揮人民戰爭的經驗轉移到指揮人力車隊，但汽車一多，技術問題麻煩起來，便漸漸地有些招架不住了，由此而萌發興辦一所專科學校，培養革命的技術人才的構想。

上海剛解放時，一大批高級知識分子從各種學術機構中被清洗出來，踢來踢去，左右不是東西。人力車隊不涉機密，而且是由體力改造腦力的好場所，所以便被一古腦兒地掃進了交通運輸局。「塞翁失馬，焉知非福」，由於他們被清理得早，到了大鳴大放的那個時候，他們早已曬了七、八年的太陽，曬去了知識分子的模樣，也曬去了知識分子的牢騷，只顧埋頭推車，任反右鬥爭的風暴從他們的頭頂上呼嘯而過。一九六〇年成立汽車學校，那些在柏油馬路上摸爬滾打了十年的知識分子們終於被召集攏來，成了我的老師。

那時，我只覺得我的老師們淵博得出奇，與他們那些粗糙的手、黝黑的臉極不相稱。但那些遺老們抖擻了不過才那麼五、六年工夫，到了文化大革命，又把他們的老根重新刨了起來：教立體幾何的丁老師原是聖約翰大學的數學系主任；教理論力學和發動機原理的彭老師原是國民黨重慶軍械研究所的研究員；教漢語的周老師當過偽上海市長吳國楨的文化顧問，抄家物資展覽會上放著三、四本她的詩集，封面上雖被打上了黑叉叉，但一位民國女郎仍在墨汁下淡然地微笑。趁人不注意，我偷偷地翻開一本，便讀到了一首怪怪的詩，至今還癢癢的記得：

〈靈感〉

靈感哪，靈感，
臭蟲般的詭異，
令我輾轉反側，
整夜不息；
但當晨光初現，
我翻身坐起，
它們就無影無蹤，

難以尋覓。

靈感一說，不敢附庸風雅；但關於那臭蟲的德性，我頗有同感。想來周老師一生跌宕起伏，或許也曾有過一番淒淡艱辛的童年生涯。

在校衛生室裡抹紅藥水、紫藥水的那個李醫生長得獐頭鼠目，時常擱起腿來蹭腳癬。我以為他過去一定是個江湖郎中，幹些大陽傘拔牙齒之類的行當。但有一次我手臂上擦破了塊皮，他在我的肘關節上掐了一番，忽然問道：「五、六歲時，你的這個關節脫過臼的，是不是？」也是在那個展覽會上，一九三七年的一張發黃的《申報》登載著他的一張照片，照片下的文字是：**十九路軍軍醫李楷民先生在為日本戰俘治傷**。我真想把那軍醫的大口罩摘下，看看這乾癟老頭早年的模樣。

那時，由於學校白手起家，沒有現成的教學大綱可供參考，於是，那些興致勃勃的知識分子們便自說自話，制定了一套「旨在培養中等專業技術人才」的課程。學生們不知深淺，他們教什麼，我們便學什麼。十年後，我自己在工廠裡教書，我把我所學過的課程與清華大學內燃機工程系的課程一比較，不由得吃了一驚：在那四年中等專業技術學校裡，我們幾乎學完了高等院校的全部基礎課程：高等數學、解析幾何、理論力學、材料力學、熱動力學、內燃機原理、燃油化學……難怪文化大革命時，我們頭幾屆畢業生回校訴苦，說知識分子整人，那四年裡整得我們好苦。那時，我也寫了好幾張大字報，說我怎樣被功課壓得失眠心跳，眼花耳鳴。其實我是以公帶私，暗暗地把手淫的症狀也給搭上了。

我記得有一次彭老師給我們講介一種新型的轉子發動機的結構，他說轉子發動機之所以還無法取代往復式發動機，其主要原因之一是因為排氣區域的溫度太高。我那時忽然「鮮嘎嘎」（上海方言：沾沾自喜，不自量力），覺得自己完全可以解決那個內燃機工業的一大難題。下課後我便畫了一張草圖，夾在作業本裡一起交了上去。幾天後，作業本發了下來，沒有那張圖，我也不在意，反正那是心血來潮，胡亂畫畫的，一定是彭老師批改作業時，隨手當廢紙給扔了。

不料過了約兩個星期，彭老師把我叫到他的辦公室，讓我在他的對面坐下。他把桌面上的東西掃到一邊，攤開一張兩號圖紙，說，這張圖紙是他根據我的草圖畫成的設計原理圖，不由得使我吃了一驚，我的設計竟有如此複雜！

彭老師問我：「這張三面視圖和你的原設計有什麼出入沒有？」

我仔細地把那張圖紙看了一遍，說：「不錯，這正是我的構想。」

彭老師於是說：「好，假想你的設計已被內燃機研究所製成了樣機，排氣閥用的是錳鈦鎳合金高速鋼。注意了，我開始點火，發動機啟動順利，現在我開始加速，五百轉，八百轉，一千轉，一千五百轉，二千轉，注意廢氣的流向！」

彭老師的手指飛快地在圖上的排氣區域蛇行迂迴，顯示著那廢氣的流向。這流向在草圖上無法分析，但在三面視圖上便一清二楚了。那熾熱的氣流穿過狹窄的排氣通道，衝擊著一根細細的閥桿！

我頓時明白了，大聲地說：「得了，得了，別加油門了，排氣閥溶化了！」

彭老師的嘴裡發出一陣乒乒的爆破聲，活像那排氣管的放炮！

彭老師，我卻寫了一張大字報，說你這是資產階級知識分子狂熱的自我表現！

盧老師

當然，汽車學校教師隊伍的成色一開始就引起了注意，只是開張伊始，一時還無力顧及。但當我二年級的時候，教師隊伍中便開始增添了新鮮血液，盧老師便是由交通運輸局自己培養出來的革命知識分子。

盧老師的父親拉了大半輩子的老虎塌車，汽車學校開張後，他當了一年多的門房。盧老頭為人厚道，入學第一天，我提著一只沉甸甸的箱子走進校門，冷不防那黑洞的門房裡一聲喊叫：「站住！」盧老頭走了出來，用一輛小推車把我的箱子送到了校舍。

冬天宿舍裡冷，學生們喜歡鑽到門房間裡來取暖，門房間裡生了個火爐。按學校規定，學生不得在門房間逗留。但只要不要太張揚，盧老頭一般是不會把我們攆出來的，有時高興了，還給我們吹吹他年輕時的故事。有一天晚上，他見一個同學在煤爐上烤一只冷饅頭，那饅頭一半麵粉，一半薯粉，黑不溜秋的，盧老頭連連搖頭。他說，東洋人占領上海的時候，有一次他給一位太太送鋼琴，那麼重的一架鋼琴，他居然兩根搭攀帶，將鋼琴斜倚在背上，一步一步地扛上了樓。那天熱，那位太太留他洗了個澡，臨走時還送了他一麵粉袋的饅頭。盧老頭連比帶劃，說：「一個個，這麼大，這麼大，雪白雪白，跟那太太的皮一樣白……」

學校曾請盧老頭給我們作過憶苦思甜報告。盧老頭說到了那架鋼琴的重，那天的熱，我坐在台下，豎起耳朵，等著那袋和那位太太的皮一樣白的饅頭，但盧老頭咧嘴一笑，活生生地漏掉了那袋白白的饅頭，和那饅頭一樣白的皮。

第二年盧老師調來了，盧老頭便調走了。

第一天上課，盧老師一走進教室，我們都抿著嘴笑，因為那小盧跟老盧完全是出自同一模子。盧老師也不想隱瞞，他是這樣開場的：「不用自我介紹，你們一定已經看出來了，我是門房間盧老頭的兒子，是不是？」我們一齊大笑起來，盧老師也咧著大嘴笑了。從第一次見面，我們就喜歡他了。我暗暗想，難怪那位太太會捨得那一袋白麵饅頭。

盧老師初中畢業進汽車運輸六場當藝徒，不到半年工夫，便被包送到上海交通大學內燃機系的速訓班學習，三年課程，完成後可得大專文憑。由於我們學校要得緊，小盧最後一個學期是奔走於交通大學與汽車學校之間，一邊讀書，一邊教書。那時，盧老師二十歲出頭點，比我們大不了多少，課餘時常與我們胡扯，他說：「我這是糖炒栗子，現炒現賣，如有不到之處，還望諸位多多包涵。」

現炒現賣本沒有什麼問題。如果盧老師把上午剛從交通大學黑板上抄下來的東西一字不漏，再給我們在黑板上重抄一篇，也無人會說什麼不是。問題是小盧竟受了那班舊知識分子的影響，不知不覺地模仿起那些遺老們的民國風範來了。

盧老師教的是「結構力學」，「結構力學」是一門要命的課程。一個桁架結構，那應力方程起碼要寫上大半片黑板，眼睛一花，活像鐵橋上麻麻密密的鉚釘。

教「理論力學」的那位彭老師，視講台如舞台，從來不見他帶什麼講稿，他甚至不屑用粉筆。只見他在黑板前踱來踱去，把一道道公式念得有腔有調，彷彿老生獨白。他把均布載荷的平衡方程式念得舒展，如同行雲流水。但一到衝擊載荷，他的聲調突變，那衝擊彷彿直接作用在他的脊梁骨上，他音節短促，氣喘吁吁，身子也一跳一跳的。

正如我們一眼便可看出小盧為老盧所生，我們一聽便可確信盧老師在學彭老師的流派，但他還遠沒有到不帶講稿的火候。講稿放在講台上，但他努力不去看它。他把那肌肉飽滿的雙臂叉在背後，兩塊三頭肌被擠得高高隆起，活像一個被反銬的大盜。他雙目微閉，在教台後踱來踱去，苦苦地背著那些要命的公式。每次路過教台，他的眼皮便會那麼忽閃一下，偷攝下幾行，供他再噥噥一番。

有時半途彈盡糧絕，或是記憶出了點故障，他便會突然張開眼睛，指著某個同學，大聲地喊道：「注意了，注意了，不要做小動作！」一個班級五十來號人，不愁找不到岔子。就在全班的眼光朝那替罪羊望去時，小盧卻已把那講義飽飽地看了一眼。

當然，盧老師也知道自己的台詞與腳本時有出入，所以臨下課時，他大半會發給我們一頁公式，一股子油墨味，也是現炒現賣的貨色，並且聲明，口授與油印件如有衝突，一律以後者為準。油印件與課本如有衝突，也一律以後者為準。我至今還在為小盧暗暗叫苦，既然有兩個後者為準，何必那麼硬出風頭，折磨自己呢？

我想，一定是盧老師深領學習之苦，所以每逢測驗考試，學生們在慌忙中拉下個噸把載荷，盧老師往往只是在卷子上打個紅紅的驚嘆號，並不扣分，或扣分不多。

到了我三年級時，盧老師便升為教務主任，通管著全校的教育業務了。我想盧老師是能勝任他的新職的，管理不同執教，你不必精通某行課程，寬容和體諒才是最重要的素質。我畢業後不到兩年，也就是文化大革命的前夕，盧老師已晉升為校長了。

文化大革命中，汽車學校的學生們成立了學生革命司令部。教師中的無產階級，即像盧老師那樣的革命知識分子，也成立了教師革命司令部。兩個司令部協手並肩共造資產階級，即像彭老師那號舊知識分子的反。

我不知盧老師的寬容和體諒能否在那種氣候下生存下來，並發揮作用，但據我所知，汽車學校那班遺老們雖然沒有逃脫批鬥、隔離、抄家、遊街之類的常規作業，但畢竟沒有發生過什麼血淋淋的玩意兒，這在教育界算是少有的例外。但兩個司令部在協同作戰時不免偶爾也有點小小的摩擦。

有一次兩位司令在戰友聯歡會上，不知為什麼紅起臉來，那位學生司令居然當眾指責教師司令，說什麼身為舊校長，須對學校過去的那種黑七類子女受捧、紅五類子女受壓的現象負責。盧司令竟不賣帳，他當眾破口大罵：「滾你娘的臭皮蛋！你他媽的還好意思說受壓？書不好好讀，一門心思盡作弊。作弊也作不及格，當場給抓住就有好幾次！在場的戰友們都可以作證，是不是？要不是我這個當校長的給你開脫，你這個王八蛋早就不知道給踢到哪個角落裡去了！」

一頓夾頭夾腦的臭罵，罵得那位學生司令目瞪口呆，臉上紅一陣白一陣，半天說不出話來。盧司令覺得損人損得太慘，便語氣一轉，說：「當然，學生嘛，偶爾作作弊也不是什麼大不了的事。從某種意義上來說，作弊也是一種學問。想當年，我要是不作弊，怎麼能拿到那張他媽的交通大學的大專文憑？」

說得哄堂大笑，連那位學生司令也抓著腦殼，嘿嘿地笑了起來。

後記

在此再版之際，我在網上讀到了一條訃告：法國文學翻譯家鄭永慧先生於二〇一二年九月九日清晨於北京逝世，享年九十四歲。

鄭永慧先生一生翻譯了雨果、巴爾札克、福樓拜、梅里美、大仲馬、左拉、紀德、喬治桑、莫泊桑以及薩特、羅伯・葛裡耶、巴西亞馬多、加拿大伊夫・泰里奧等人的作品，共四十餘部，六百多萬字。

柳鳴九先生曾這樣讚譽鄭永慧：「永慧先生是本學界和善可親的才者。在中國的翻譯家之中，永慧先生大概是擁有讀者最多的一位了。如果編輯出版《鄭永慧譯文集》，其規模也很可能與十五卷的《傅雷譯文集》旗鼓相當。」

說起來像是小說似的，鄭永慧先生曾在我們那個汽車學校任教過數年。

汽車學校自第二屆起，增添了一門新的課程——「工業英語」，交通局將閘北區人力運輸車隊的一名會計調來任教，這位老師便是鄭永慧先生。

當年鄭永慧先生四十來歲，天庭飽滿，氣度瀟灑，熱情洋溢。鄭老師沒有辜負領導的重任，他一邊編教材，一邊開課，教得有聲有色。我們這第一屆也有好幾個學生旁聽他的課，他也一視同仁，時時輔導我們。

記得有一次在食堂裡排隊打飯，我正好排在鄭老師的身後，於是我便大膽地來上一句情景對話，英語貧嘴：

「Eat lice 啦！」

「No, no! Rice, rice！」

我至今還記得他演啞劇似張口捲舌，搖臂翻掌，演示那跳蚤和米飯的區別。

Bon voyage，鄭老師！

油的追求

也許由於我們學的是汽車，深知潤滑對發動機的重要，所以在那四年裡，我們這些學生對油脂的追求幾乎達到了如醉如癡的程度。

我們六〇年入校時，油的配給是每人每月八兩，到了六四年畢業時，已減為四兩。那時，學校食堂早已放棄了炒菜。菜的烹調一律為煮。將生菜倒入沸水，攪動一番撈起，淋上一勺熟油即可。那煮菜的水並不倒掉，食鹽一把，醬油少許，熟油數滴，盛入一只大木桶，抬至食堂中央，吆喝一聲：「湯來了！」學生們便一齊擁上，搪瓷碗一陣叮噹，那木桶極大，湯是盡夠的，學生們爭先恐後是為了油。那滴入熱湯的熟油又經過一路晃蕩，早已擴散成一層極薄的油膜，在燈光下衍射出虹彩。

舀湯的動作是關鍵，即使你捷足先登，搶到了那把鐵勺，下勺時一慌張，那油膜稍一震動，便往四周擴散，舀上來的便是一勺清湯。鐵勺到手，不要慌，身體擋住背後的衝擊，穩住呼吸，將勺輕輕浸入湯內，調整勺柄的角度，讓勺口平面與湯的平面平行，然後將勺在湯的液面下兩、三毫米緩緩滑行。由於勺柄的阻力，那油膜會在勺口中逐漸加厚起來……。

什麼時候提起勺來大有講究。提勺過早，油膜尚未聚集充分。但也不能過於貪婪，因為那油膜加厚到一定程度，達到了表面張力的臨界點，便會突然破裂，向四周散去，前功盡棄。那時尚無，今後也未必會有，一種特製的儀器，用來測量菜湯油膜的厚度，但我擅長察顏觀色，那油膜的虹彩雖然變幻不定，但仍有規律可循。赤橙黃綠青藍紫，那光譜的頻率由紅至紫逐漸加大，正是油膜厚度漸漸增加的敏銳標誌。我發現那湯中的油膜往往在泛藍時開始破裂，所以我便在綠青之間提勺，屢試屢勝。

如此一層肥油浮在我的碗中，不免過分招搖，所以我往往在走回座位的途中，將筷子在湯中一陣搗拌，將浮油打得粉碎，這在燃油化學中稱為油的乳化。但油畢竟比水輕，那乳化的油粒只肯在湯下憋上數秒鐘，便一個個冒出頭來，聚成新的油膜。所以我一回到飯桌，就必須立刻將湯倒入飯中，讓那米飯多孔的表面將油花盡數吸去。至此我的財富便得到安全的隱蔽，我盡可從容坐下，慢慢享用。

不過也有眼尖的傢伙，有時當我正要將湯往飯裡倒的時候，忽然有人發話：「喂，倒點湯來吃吃好嗎？」我知道那發話者意不在湯，但又不好意思拒絕。我往別人碗裡倒過幾次湯，那簡直是浩劫！湯未倒出半滴，那油卻一古腦兒地滑了下去！經過數次慘痛的損失，我終於發展出了一種有效的辦法來對付那種無恥的剝削。若要命名，那方法可稱為「油膜之氣流定位法」。一命名便頗有學術味了，但實際操作起來未必怎麼複雜。將那客人的碗放在你的嘴唇和你的湯碗之間。當你慢慢傾斜你的湯碗時，一股難以覺察的氣流從你的嘴唇吹出，那氣流吹至湯面，對油膜產生了一股推力，那推力正好與油膜的下滑力大小相等，方向相反，所以盡可由那清湯瀉下，那油膜卻始終停在原位。那抹油者分得半碗清湯，卻無一點油花！當然，也不能做得太絕，一來惹人懷疑，二來也有點過分小氣。所以我往往在湯倒了八、九分時，略略一鬆氣壓，讓若干油分子脫離母體，游離出去，皆大喜歡。

開源有方，節流更為重要。周身的皮膚是人體最大的器官，也是油脂的重要用戶之一，也是減縮開支的主要對象。但即使皮鞋不擦油也要裂，那幾年裡，我的皮膚全然不像一個十七、八歲的青少年，乾枯粗糙，一抓一把白屑。腳後跟裂得像樹皮，流不出油來便流血。那頭髮也主動地減少油脂的消耗，一梳一陣靜電的噼叭聲。幸虧無油，否則我真擔心是否會著火。肛門則如海關，日夜緊守關卡，嚴防任何油脂走私出境。有時不免過左，每每造成便祕。

筷子

我以為筷子是東亞文化中極具特色的一項發明。大智若愚，大繁歸簡，也許是由於筷子過於簡單，如同空氣被忽略了重量，如同白光被忽視了顏色，數千年來竟沒有人想到去收集研究，白白地放過了一根窺探東亞文化特點的敏銳探針。在汽車學校的四年裡，我目睹和經歷了一場燦爛的筷子文明，在此我略加記載，以供後人研究。

那時，幾乎每個男同學的皮帶上都掛著一條細長的袋，材料或布，或皮，或人造革，如同武士的匕首，成天在腰間晃蕩。女同學不用皮帶，那細長的袋便常常掛在她們脖子上，材料用得更是講究，或尼龍或絲綢，往往還加以刺繡。

那些細長的袋裡裝的便是筷子。

由於卡路里不夠充足，那時我們學生的課外活動中，激烈的需氧運動不多。象棋、撲克、乒乓球是通常的消遣，但更流行的愛好是製作筷子。

由於學生年年增加，所以得不斷新建宿舍。交通局資金有限，那宿舍屋頂的材料主要是茅竹、油毛氈、稻草。不料那茅竹卻成了筷子的主要材料來源。

筷子用料講究，竹根的節太短，竹梢的肉又太薄，一根半寸來粗的茅竹，只有中間幾段可以用來製作筷子。原先那茅竹蓋著油布，堆放在場地上，晚上乘工地下班，抽去幾根未必會引起注意。但凡事就怕成風，一成風就出亂子。幾百個學生，你抽一根，我抽一根，一堆新到的茅竹往往會在一夜之間掠去大半。工地主任大發雷霆，揚言要搜查學生宿舍，弄得學生十分緊張，紛紛把贓物扔出窗外。

那工地主任捧了一大把已被鋸成一段一段的茅竹，嘩地一下摔在校長室的會議桌上，學校各級領導圍著會議桌，好像在會餐。第二天，一張布告貼了出來，列出了茅竹的價格——一根茅竹，一個大過，但那道命令從未真正執行過。風聲過後，茅竹繼續失蹤，只不過沒有過去那麼明目張膽而已。

茅竹剖開後，先得陰乾上一個來星期。有經驗的學生把剖開的竹條攤在蚊帳頂上通風，還可利用上升的體溫，蒸去鮮竹的水分。竹皮雖然質地堅硬，但如不剖去，裡外密度不一，製成的筷子容易彎曲。所以製筷的最佳部分是竹皮內那麼一層六、七毫米的竹肉，質地細密均勻，刀刃徐徐削去，竹條連綿不斷。

學生們製作的筷子，斷面以圓形居多，因為圓筷不需太高的刀功。用砂皮裹著竹條，細細打磨一番便自然而成圓形。唯有高手才敢製作方形斷面的竹筷，那方筷由粗至細，四根稜線由筷尾至筷尖，始終保持挺直而對稱，實在需要些道地的手藝。方筷不能用砂皮打磨，因為砂皮容易將稜角磨去。選細磚一塊，放在水中浸泡數日，然後在水泥地上將磚面磨平。將削出的竹筷平置於那磚面上，一根手指壓住筷尖，一根手指壓住筷尾，徐徐在磚上推磨，邊磨邊加水，這樣磨出的竹筷才能稜角分明，光滑細膩。

一位男生竟破天荒地製作出了一雙五稜形的竹筷，在校園裡引起了一場轟動。那位男生誠心誠意地將那曠世精品獻給一位女生，不料卻被那姑娘謝絕。那男生痛心疾首，當眾將那雙五稜筷折斷，成為當時校園內的一大悲劇。

除了筷子的斷面不同之外，筷子頂部那麼兩、三寸長的一段更是各顯神通的地方。通常的裝飾是刻上數條曲線，線條內塗上色彩。更有同學仿效章印雕刻藝術，在竹筷頂端刻出貓狗龍虎之類的微雕，當然，每一雙筷子都刻有主人的名字。

有位同學擅長書法，他在兩根竹筷上各刻上一行蘇東坡的名句：西湖醋魚，東坡爛肉。他視那雙筷子如聖物，平時不輕易動用，唯有過年過節，學生們一陣激動：「今晚吃肉！」他才將那雙筷子從箱中取出，抹上一層蜜蠟，用軟布拋上十來分鐘，這才莊嚴地帶進食堂。

繼那可歌可泣的五稜筷後，筷子一時成了男生向女生表示心意的流行信物。女方如有意，除了接收那雙筷子，還會在日後還贈一只筷套，細針細線，表盡一番情意。我們那時還不知那位現代心理學的鼻祖佛洛伊德何許人也，但我們似乎也下意識地感到這筷子和筷套的來來往往，含有某些難以言狀的象徵意義。不過當時的校紀明確規定：在校期間，禁止戀愛。我認為學校的那條紀律是很有科學依據的：談戀愛屬於需氧運動，口舌未開，心已開始亂跳，臉上燒得發燙，可見其熱量消耗之大。

紅薯問題

汽車學校的學生，不分男女，定糧一律為每月三十斤。想想我那拉板車的父親，每月才二十九斤定糧，我實在是不能抱怨的了。

每個學生持有飯卡一張，飯卡上印有4—6—6、4—7—5、5—6—5或3—8—5之類的數字，每組數字的和均為16，即十六兩，老秤一斤，那便是每個學生每天可享用的米的乾重。每天一斤是規定的，但這一斤米在三餐中如何分配，每個學生可自行決定。每月月底填表上報，決定下月的一組數字。這是決定自我命運的神聖權利。學生們行使這種權利時的認真和嚴肅，實不亞於美國國會一年一度審定財政預算。

如果有人對飯卡作一番研究，也許會得出某種心理學上的發現。如採用斷面觀測法（Cross Sectional），你會發現女生飯卡上的那三個數字與她們的體形曲線相反，一般都起伏不大，如4—6—6、5—6—5，而5—5—6為最普遍，晚餐省下一個一兩的饅頭，半夜裡躺在帳子裡細細地啃。每當我看見那些性情溫和的飯卡，便似乎能聞到一股大眾花露水的味道。

男生卻大多不耐煩那種不飽不餓的「溫吞水」，一日三餐，分得太平均，吃和不吃沒有什麼兩樣。他們大凡喜歡每天至少能讓腸胃享受一次鼓脹脹的樂趣。所以那飯卡上的數字便出現了某種程度的顛簸，4—7—5，或3—8—5是典型的男性數字組。

如果對每個學生的飯卡作一番連續跟蹤（Longitudinal），你便可以測定出該學生的性格穩定程度。有的學生崇尚次秩和安定，那組數字一旦決定，便四季如一，不輕易更改。但有的學生卻追求變化和動盪，那組數字月月更改，先來個晨飽夕餓，幾周後又來個晨餓夕飽。有時候數字剛報上去，又去咚咚地敲食堂主任的門，說是又有了新的構思，反反覆覆，沒有個太平的日子。

睡在我下鋪的那個傢伙有次忽發奇思，在表上填了個0—6—10，看來他是存心玩命了。但他的飯卡被彈了回來，那似乎是校方第一次對學生腸胃的自由意志行使否決權。如果我是公安機關，我必對該學生另立檔案，他的那張被否決了的飯卡幾乎完全斷定了一個未來的激進分子甚至極端分子。

飯卡上的數字是指大米的乾重，若遇供應玉米、南瓜、紅薯等雜糧，根據糧食局制定的卡路里含量表，食堂自有合理的重量折算。

食堂的東牆是一幅毛主席的畫像，那畫像巨大，晚餐時從天花板上吊下的燈，只照亮了他那一對鮮紅的嘴唇。嘴唇下一行語錄：「我喜歡吃紅薯，希望全國人民都吃一點。」

紅薯確實挺好吃，甜，而且一兩糧票的紅薯與一兩糧票的饅頭相比，體積要大上好幾倍。三兩米飯吃下去，連闌尾也填不滿，但三兩紅薯，嚯，連肚臍眼都給你脹出來。當然，紅薯所產生的那種鼓脹脹的快感持續時間極短，嘰哩咕嚕地響上一陣便煙消雲散了。但不管怎麼說，那腸胃總算有了個舒展的機會。所以每當國慶節前後，紅薯上市，一卡車一卡車地拉進校門，那略帶酒精酵味的甜香飄進教室，再用功的書呆子也神不守舍了。

紅薯是用大蒸籠蒸的，每兩糧票熟紅薯的重量是五兩三錢，用秤稱給每個學生。

紅薯有大有小，學生們都喜歡要大的。數學才能雖有差異，但人人都懂得紅薯越大，那皮和肉的比例就越小的道理。所以每逢供應紅薯，食堂的各個窗洞前便出現了一場擁擠和混亂，個個奮不顧身，希望爭得幾條大的紅薯。

糧食局雖頒布了紅薯的熱值，但並未說明紅薯的大小。食堂主任吩咐在各窗洞分紅薯的食堂工作人員，酌量給小紅薯作些補償，但這「酌量」上下極大，不免時時引發糾紛，食堂主任給這紅薯糾紛鬧得頭昏腦脹，便找到教「高等數學」的丁老師，問他是否能算出一個合理的補償辦法，丁老師欣然答應了下來。我是「高等數學」的課代表，丁老師便讓我和他一起攻克那道紅薯課題。

丁老師帶我深入食堂，實地調查。我們兩人爬進紅薯堆，翻騰了老半天，選取了滿滿一籃大小形狀不一的紅薯，帶回數學辦公室，一一加以研究。紅薯的體積不難測定，只需將紅薯浸入量杯，從升高的液面便可讀出相當精確的數值。但紅薯的表面積，便不容易對付了。紅薯沒受過幾何訓練，坑坑窪窪的不成個方圓。一個紅薯就可以把丁老師的那把計算尺拉得冒煙。而同樣體積的一條紅薯可以變化出無窮的形狀。丁老師最後得出結論，如要完全求實，這個課題是斷然無解的。所以他便根據紅薯的各種典型形狀，設計出一個紅薯的理論橢圓體，由此而算出紅薯皮與紅薯肉之間的函數關係。至此，丁老師已筋疲力盡了，最後由我根據丁老師的函數公式畫出一張簡單明瞭的表格，複製數份，貼在食堂各窗洞內側。

那表上以三兩重的紅薯作為標準紅薯，小於三兩的，以半兩為一刻度，即二兩五錢，二兩、一兩五錢，一兩……各各標明該補償的分量。大於三兩的紅薯，也以半兩為一刻度，向上依次標明應削減的分量。

那表格畫得一目了然，分紅薯的工作人員個個喜歡。那問題會解決得如此完美，除了特別幾個對小紅薯抱有深刻成見的學生外，那不要命的爭先恐後基本上消除了。雖然還有排隊，但那只是先吃後吃的問題，而不是吃多吃少的問題了。如果有某位女生在場，某位男生還會後退一步，頗為斯文地給那個上廁所去撒尿的同學留個空位。

校方表揚了丁老師，表揚他理論知識和生產實踐相結合，全心全意為工農兵服務。丁老師還在數學季刊上發表了篇專題論文，論文的題目是：〈不規則三維形體的表面面積〉。令我萬分得意的是，我的名字在論文後被列為「研究助理」。

作為一種物質獎勵，食堂主任讓我們把那一籃紅薯留下了，丁老師和我平分。我沒敢將我的那份帶回宿舍，一來沒法煮，二來人太多，不分不好意思，一分又沒法收場。所以我讓丁老師把我那份紅薯帶回家去，麻煩他的夫人每天給我煮一個，用報紙包著，放在他的辦公桌角上。每天晚自休後我便溜進他的辦公室，取了就走，鑽進蚊帳，悄悄地吃。紅薯煮得軟，慢慢嚼，慢慢吞，沒有人會覺察。

行文至此，筆者認為有必要作一聲明：丁老師以「高等數學」解決紅薯問題並非事實，而係作者虛構。但話又得說回來，這段幻想的原始動機卻是真的。那時，我並不是為了寫小說，而是真的想解決那個紅薯問題。那是一次午餐，我去得略略晚了點，拚死拚活擠到窗口，幾條小老鼠似的紅薯扔進了我的飯盒。我大聲抗議，於是又加上了一根老鼠尾巴。我一邊啃著紅薯的老筋，一邊想，那大紅薯、小紅薯的問題總得想個辦法解決才好。可惜那時功課太忙，我的那股「科學救國」的熱忱便隨著紅薯的下市消退了。

三十年過去了，我已從明德大學畢業，八月底我將去波士頓藝術館學院，有近兩個月的暑假。我坐在佛蒙特州的一間鄉間小屋裡回想往事，不料當時那股子憤憤不平的衝動死灰復燃，於是我不憚冒昧，把我青年時那個幻想細細地發揮了一番。讀者如覺受了愚弄，我只有再一次道歉了。

馬齒莧

大哥回來了。

去甘肅將近兩年，大哥回來了。他帶回了他的那張全家福，但那張照片少了一截，大哥把自己的腦袋剪掉了——他曾那樣自信能保護他的弟弟，但最後卻把弟弟一個人留在萬里之外。

酒泉鋼鐵公司沒有如約把大哥培養成鋼鐵化驗員，而是將他分配去當搬運工，大哥拉了一年的大板車。大哥是個火爆性子，和領導爭吵了幾回，指責公司違約。公司警告他，甘肅鐵礦正要人，如果大哥再不安分，將把他發配到那裡去。那鐵礦是個勞改營，在戈壁沙漠中。

大哥不甘心一輩子拉板車，又不願去勞改，唯一的出路便是回上海。大哥曾力勸二哥與他同歸，二哥卻力勸大哥服從分配。二哥說，何況公司並沒有對他違約，他學的是電工，他學得有滋有味的，他要回來，似乎師出無名。

最後，二哥認為大哥回來也好，父母老了，家裡要有個長兄照顧。於是兩人把積餘的學徒津貼湊在一起，偷偷地買了張火車票。一九六〇年初冬的一個傍晚，塔里木盆地的風砂颳來，打在鐵軌上，叮叮作響。二哥把大哥送上了火車，兄弟倆依依惜別，從此各走各的路。一年後大哥入獄，二十年後二哥入黨。

自解放後，中國的糧食一直和戶口緊緊相連，沒有戶口即沒有糧食。我大哥雖不顧一切地返回上海，但立刻遭到了糧食的懲罰。由於報不上戶口，所以就沒有糧食供應。於是在以下的一年裡，我家五口人吃著四口人的定糧。值得驕傲的是，當年肝炎流行，浮腫的人極多，但我們全家卻無一人得病，活得好好的。一年後，公安局把我大哥帶走，那手銬銬著的仍是一雙肌肉豐滿的胳膊。不要哭，母親，不要難過，父親，你們是問心無愧的。

那時，母親帶著八歲的妹妹在浦東的一個幹部家裡當傭人，吃住之外，每月淨得工資十五元。母親就用那十五元錢在農民集市上購買自由價格的紅薯、玉米、南瓜，每星期讓我大哥扛回來那麼一麻袋。一天忙碌下來，晚上主人一家都上床了，母親有時還可以在燈下打上幾個鐘頭的毛衣。那毛衣是為別人打的，一件毛衣的工費是五斤糧票。

有一次母親深夜過江，碼頭上一個孕婦把孩子生了下來。血淋淋的，一夥人不知如何是好。母親當過穩婆，她便把那產婦扶到碼頭的售票房裡，擺弄一番，居然連胎盤也取了下來。母親將那胎兒和胎盤包在一起，把那產婦送進了對江的醫院。事隔數月，那婦女抱著孩子在集市上遇見了母親，一定要塞給母親十塊錢，母親說什麼也不要，最後說，如果你有些多餘的糧票，就給我幾斤吧，那婦女當場給了母親一張十斤的糧票！

父親那時推板車，每月才二十九斤定糧，希望月月都是二月。可那每天一斤的米，即使粒粒都消化出最大的能量，也不夠把千把斤重的板車推動七、八個小時。每天清晨，父親往他那只大號飯盒子裡填飯時，總是背著身子，彷彿做著什麼見不得人的事。

父親自知省不下糧食給他的兒子，於是在春、夏、秋三季，幾乎每個星期天都帶上大哥和我，上郊區去挖野菜。那時我已進了汽車學校，每次周末回家，都隨父親和大哥去挖野菜。一個星期下來給功課壓得頭昏腦脹的，周末郊遊正是散心的好機會。

上海四郊的田野裡，長著一種叫「馬齒莧」的草本植物。馬齒莧伏地而生，紫紅色的莖內有一種乳白的漿汁。因為它的葉很像馬的前齒，故得名。父親帶我們去挖的主要就是馬齒莧。馬齒莧炒來好吃，但炒菜化油多，那年頭當然無暇顧及口味。燒得一鍋開水，將大袋的馬齒莧倒入鍋中，在沸水中搗動一番，待那莖葉燙得半熟，撈起，扔在屋頂上滴水曬乾，幾麻袋馬齒莧攤開來，屋頂上紫黑的一片。如果太陽好，早上曬出去，傍晚便成了黑乎乎的菜乾，收攏來塞在麵粉袋裡。吃時放回水裡去煮，煮軟後打入些麵粉，變成了菜糊，微甜微酸，很好喝，也很脹肚。

上海近郊算不上山青水秀。首先，上海是沖積平原，無山可青。在地平線上矗起的唯有那些煉油廠和化肥場的煙囪，黑煙、黃煙、紅煙溶入藍天，頗有點水彩的效果。那河裡的水遠看去彎彎扭扭的，很有點秀氣，但走近一看，河兩岸均有一條黑色的油汙，明確地指示著當日的潮位。

但我和大哥都覺得開心，我每次都帶著個彈弓，彈個痛快，雖然從來沒有打到過一隻麻雀，但也完全不用擔心打破玻璃窗。大哥喜歡打水漂，他能飛出一片破瓦，削出一路水花，然後輕輕一彈，跳上對岸！但也有失手的時候。有次他正要發射，卻被什麼東西分了心——河裡有兩隻鴨子在打雄。也許是擔心那母鴨的頭在水裡憋得慌，那公鴨往母鴨的背上一騎，腳蹼在水裡撲騰幾下，便算了事。其實我也看得有趣，並沒有去注意大哥，但大哥卻作賊心虛，慌忙將瓦片扔出去，卻撲通一聲，和那鴨子打雄一樣操蛋。

牛的撒尿有意思，那嘩啦嘩啦的水柱，使我感到一股子自由和放蕩。在閣樓上拉尿，真得小心翼翼。那只充當尿壺的瓦罐太厚，提在手裡沉得連尿都給壓住了。所以我寧願雙膝下跪，將褲襠裡那玩意兒貼在瓦罐邊，徐徐流出，不得太急，更不得拍濺。哪裡是拉尿，簡直是在化驗室裡做實驗。確實得像加硫酸那麼小心才行。一滴尿漏下去，便會在樓下的天花板上滲出一灘黃斑。

父親再三頒令，嚴禁我們偷摘田裡的東西，父親訓話時老用眼睛看我，好像我有什麼特別的嫌疑。其實，在一般的情況下，我還是規規矩矩的，但有時那些西紅柿紅得實在過火，不去碰一下，對人不住。主意已定，我便故意磨磨蹭蹭，拉下距離，然後突然伸出手去，輕輕一扭，便到手了。千萬不能硬拖，一拖整棵西紅柿跟著搖晃，掉下幾個生果子事小，要是引起了在遠處鋤草的農民的注意，抓著鋤頭，噔噔噔地跑過來，那就麻煩了。

大哥知道我的把戲，只是他嚴守中立，不聞不問而已。有時父親朝我的方向轉過身來，大哥便會挪動位置，移到父親和我所構成的直線的中間，暗暗為我打個掩護。剛摘下的西紅柿，一口咬下，紅汁的甜酸混著青藤的苦澀，濺了一臉。當然，我沒有忘記大哥的好處，於是我把半個果子包在手巾裡，遞給大哥。大哥很嚴肅地接收了賄賂，裝著擦汗，擦過嘴邊，順口一咬。大哥嘴大，那麼二、三回合，那贓物便滅跡了。

但有次幾乎敗露。那天太陽厲害，大哥剛把手巾扔還給我，便聽見父親在遠處喊：「把手巾拿過來！」把我和大哥都嚇了一跳。那條手巾印著粉紅色的花，可掩蓋住西紅柿的斑斑血跡，但那氣味怎麼辦？父親雖非警犬，但辨識那股甜酸味並不需要什麼特殊的訓練。我抓著手巾朝父親那油亮亮的腦袋跑去，跑過一塊玉米地時，我忽然停住，躲在蔭處，火速地拉下褲子，往手巾撒了泡尿。

豆渣糊

一過十月，馬齒莧便枯黃了，要等來年四月方再發芽。家中所貯存的馬齒莧乾能混上一兩個月，那剩下的空缺便要靠豆渣糊去填補了。

那年頭，幾乎什麼都要收糧票，一碗陽春麵，三兩糧票，一個菜包子，一兩糧票，一碗小餛飩，只不過那麼幾張薄薄的皮子，也要收半兩糧票。要是一隻麻雀往你碗裡拉了條白屎，大概也得收下幾錢糧票，誰知道那麻雀吃了多少穀粒？唯一例外的是豆渣糊。那飯店門口的木牌上標著價格：一角一碗。而在價格的上方，卻有四個巴掌大的紅字：不收糧票！我認為豆渣糊不收糧票是極慷慨的。豆渣是榨油的下腳，油要油票，所以渣可免券，但那打糊的卻硬是白花花的麵粉啊。

那飯店離我家只有五、六分鐘的路，飯店的名字叫「飽和」，吃飽了就和氣。飽和飯店門口長年爭爭吵吵，反證了那招牌所揭示的真理。豆渣糊每日供應兩次，早上十一點和下午四點。所以那下半年的星期日，我們的作息表便是根據「飽和」而定。星期日，父親不出工，我從學校回來，大哥本就閒著，所以我們一直睡到八點鐘才起來。八點十分左右，我們已在飽和飯店門口站隊了。當然，晚去一點也能買到，但那豆渣在木桶裡窩得越久便越脹得厲害，同樣是一碗，早去的自然合算。

我們在飯店門口開始排隊時，那飯店還沒有開門。九點鐘飯店才開始生火燒水。水開後便將一大桶豆渣倒進去，邊煮邊搗，煮上半個來小時，然後倒入麵粉漿，打糊。十點鐘左右，便將豆渣糊從鐵鍋中勺出，裝入一只大木桶中，外有棉套保溫。那餘下的一個小時便是豆渣的後期膨脹階段，不僅能增加體積，而且更有利消化。

那飯店門口擺了幾張桌子，供堂吃，那些桌子頗有些年代了，做湯不必放油，只需從桌角隨便削下一條，扔入湯中，保管滿鍋生光。但我們似乎從來沒有上過桌。

飽和飯店一向很準時，十一點鐘一敲，坐在人行道上的排隊者紛紛站起，一陣屁股的拍擊聲，隊伍中騰起一蓬灰塵。同時，一股蒸汽從木桶中升起。

「每人一碗！鈔票準備好！每人一碗⋯⋯」飯店夥計大聲吆喝著。一個舀糊，一個收錢，動作極快，不出幾分鐘便輪到我們了。我們三人在隊伍中的次序是早已商定好了的：父親第一，我第二，大哥第三。而且付錢的形式也是確定的：父親早已將一張一角的鈔票捏在手裡，隨碗一起遞上，然後接過豆渣糊轉身便走。而我和大哥遞上的總是一把一分兩分的硬幣，讓那夥計一個一個去點。假定那夥計每次點硬幣花去的時間是三秒鐘，三秒乘二，便是六秒，這六秒鐘對父親第二碗豆渣糊是至關重要的。

那時父親已過六十，雖然身體還健，但他奔跑的速度則不能與青年相比。父親接過第一碗豆渣糊，轉身便往隊伍後面跑去。那隊伍極長，彎彎扭扭地一直拐到文廟路，如果沒有兩個兒子在後面為他爭取到那寶貴的六秒鐘，父親便很有可能被後來者追上，喪失那第二碗的機會。

父親的奔跑是很古怪的，他兩手緊抓一碗豆渣糊，努力保持平衡。由於雙眼注視著碗中液面的顫簸，脖子也隨之緊繃，而雙腿卻要發揮最高速度。這上半身的僵硬和下半身的運動時時引起混亂。父親企圖以僵硬來保持液面的穩定，豈不知他那強直的雙臂卻成了傳遞甚至加強震動的槓桿，使父親不得不停下來，大口大口地喘氣，待那即將翻出碗沿的糊靜息下來，然後再來一場衝刺。衝到隊伍後頭，父親不得不把碗放在人行道上，雙手撐著膝蓋，連背脊也在喘息。

我常常是和父親同時到達終點的。根據體育課上學到的知識，我連連告誡父親：「不要立刻停下來，小步跑，小步跑……」同時極優雅地彈動雙腿，彷彿剛破了百米的世界紀錄。但我看見父親的小腿在瑟瑟抖，知道他無法效仿，只得由他原地休息，我隨著隊伍向前移動，好在大家都承認父親在隊伍中的位置，待他喘過氣來，慢慢跟上便是。

喘息下來便是吃，我們曾帶過一只鋼精鍋，將第一碗豆渣糊倒入，但不幸被店員發現，嚴令禁止。因為豆渣糊是供應給顧客們吃的，倒入鋼精鍋便有倒賣謀利的可能。如是平常，那第二次排隊的時間是足夠父親吃完那碗豆渣糊的。問題還是出在那短跑衝刺，回到隊伍，父親的喘息仍未平息，耳根處的薄皮明顯地指示著他的心跳頻率。但不容再等，必須在到達飯店門口之前吃下去。父親邊喘邊吃，豆渣糊不需多嚼，倒入喉嚨即可。但喉嚨只有一根，卻要同時兼顧空氣和食物，有時出點差錯也是情有可原的。碰上這種情況，父親便會將碗塞給我，盡情地咳嗽一番，咳得鬍鬚根根豎起，咳得臉色如同豬肝。

如果能有幸買到第二碗，我們便端著豆渣糊慢慢往回走，裝著邊走邊吃的樣子，以防店員在後監視。但那第二碗豆渣糊是給大哥留的，因為我在學校的伙食要比大哥的好得多。父親不出工，用不著白白地消耗糧食。

鏟斗形的窗

我一生中不知填過了多少履歷表，履歷表中總有那麼一欄：家庭成員中和親屬中有否被捕、關押、管制、勞改、判刑、鎮壓？年月和原因？填寫家庭成分已使我感到灰暗，回答上面那個問題更使我感到壓抑，因為我家有兩個成員必須填入此欄。

我父親被判管制三年，是因為他曾擁有過三十來畝土地，價格公道，銀貨兩訖。但我大哥的那兩年關押，便是一筆糊塗帳了。為了對組織忠誠老實，我曾多次問過大哥，那關押的原因，但大哥始終說不清楚，他只知道從甘肅返回上海不久，他的一個朋友被捕，入獄後不久便供出大哥有反革命言論。大哥卻怎麼也記不得自己說過什麼壞話，於是就那麼關了兩年，出獄後也沒有任何結論。彷彿是去哪兒度了場假，輕輕鬆鬆地去，又輕輕鬆鬆地回來，有什麼明確的原因呢？

但履歷表那一欄依然等著。我們兄妹幾個湊在一起，多次討論，陪審團似的，苦苦地為大哥下個結論。不能填上「原因不清」，因為「原因不清」即問題尚未了結，隨時可以再來個二年、三年的。而且「原因不清」更含不清不白，暗懷不滿的味道。那麼乾脆填上「反動言論」？政府尚未給大哥下那麼個結論，我們怎麼有權替公安局執筆呢？那麼把問題上交組織，「原因請組織進一步調查」？更不妥當。大哥早已釋放，那段官司好歹成了歷史，我們怎麼能引火燒身，一再呼請政府去翻大哥的老帳呢？最後我們一致同意以「思想教育」而定論。思想教育，人人皆可受之，思想教育也暗示出被教育者對教育者感恩戴德的心情。

說起教育，那上海市公安局蓬萊區分局牢房的窗，確實與學校的窗十分相似。為了防止學生們上課分心，也為了防止過路行人窺探，上海中小學臨街的窗戶大都裝有木欄。那木欄形似鏟車的斗，氣流可由鏟斗頂部瀉入窗戶，但學生和行人的目光卻被木欄隔斷。當然，牢房和學校的教育強度畢竟有些不一樣，所以那牢房的木欄後還有層從外面看不見的鐵柵。

蓬萊分局的扣留所是一幢三層樓的磚房，北邊面臨文廟路的西端（文廟路的東端就是文廟）。那文廟路的西端很窄，沒有人行道，石子路邊一道水泥牆，水泥牆上一片玻璃碴，玻璃碴上一排鐵絲網。鏽水沿著鐵絲網的柱子往下流，把水泥牆上的苔蘚染成棕黃。牆下有一道黑色的鐵門，鐵門很小，也許是蓬萊分局的後門，門邊有一只很大的水泥垃圾箱，那垃圾箱與通常的垃圾箱不一樣，很低，扁扁地幾乎占去了大半條路。由於不見陽光，那文廟的西端長年散發出一股垃圾的霉爛味，反正行人可以繞道。

由於始終沒有判決，所以大哥的那兩年關押並非服刑，而是拘留。中華人民共和國刑法規定，拘留期不得探望，那刑法也規定，扣留不得超過十五天，只是那半截法規沒有必要向我們傳達。

那天，大哥是被派出所叫去的，一去便沒有回來。然後，居民委員會小組長叫母親把替換衣服及被褥手巾之類送到蓬萊分局去。大哥是春天去的，後來母親又往蓬萊分局送去了夏季衣服，然後又是冬季衣服。一年四季的衣服都齊了，大哥便不知何時才能回來。

探望不得，母親便喊話。

我記不清母親是什麼時候開始喊話的，但一開始便成了規矩。每個星期天，母親早早地料理完東家的家務，便帶著妹妹過江回家。六點鐘一敲，母親便出門了，往文廟路西端走去。母親走到那蓬萊分局的後門，站在路對面，仰起頭來，對著那一排排鏟形的窗高聲喊叫。既然衣服是送到蓬萊分局的，兒子必被關在這幢磚房裡。但母親不知究竟是在哪一層，哪一間，於是母親總是站在牢房的中心線上，衝著二樓的窗戶喊：

「豹——夾——里——啊——」

我至今還不知道那「夾里」在江西話裡是什麼意思，我叫冠龍，母親叫我龍夾里，二哥冠麟，便叫麟夾里，大哥冠豹，豹夾里，我妹冠君，略略有些變化，稱之為妹夾里。

我不常隨母親同去，那時我已是中專生了，很懂得政治影響的含義了。若給老師同學看見了，不光彩事小，說不定還會說你劃不清界線什麼的。偶爾跟母親同去，我只是站在暗處，看著那一排排的牢窗，猜想哥哥會在哪一間。

母親除了喊哥哥的名字外，有時也會播送些家庭新聞簡報，比如說父親買了輛板車，閣樓上裝了個水斗，妹妹不再留小辮子了，她剪了個童花頭。麟哥在酒泉很好，還有半年左右就要滿師了。還有外祖父來信了，問及我們兄妹四人的近況，等等，等等。但那磚房一無反應，只是有時傳出來幾聲含混的咳嗽。

一九六一年除夕的晚上，下了一場雪，大哥離家差不多已有一年了。和往年一樣，母親準備了年夜飯：粉蒸肉、紅燒魚、糯米飯、紅棗蒸糕、白麵饃頭，熱熱鬧鬧地放了一桌。俗話說，再窮也窮不了年夜飯。整整一年，點點滴滴地積攢下來，年三十夜展示一番，尼克森訪華似的，給神靈和先祖們一個良好的印象。也和往年一樣，全家依次在觀音像下磕頭。第一個頭是磕給觀音娘娘的，第二個頭是磕給列祖列宗的。然而我們卻沒有與往年一樣，全家坐下來吃，我們戴上棉帽、手套、圍巾，父親、母親、妹妹和我，一家四口朝那蓬萊分局的後門走去。

家家戶戶都在吃年夜飯，燈光從蒙者水氣的窗戶透出，寒氣中混合著酒和爆竹的氣味。我們在雪地上走，母親拉著妹妹的手，走在前頭，然後是父親，我在後頭跟著。我們沒有說話，腳踩著雪，吱吱嘎嘎地響。路燈把我們的身影伸長又縮短，縮短又伸長。

我們在那堵水泥牆下站住了。

牆上的玻璃碴被雪覆蓋，不那麼刺目了，鐵絲網被風吹得抖動，時時落下些雪來。

母親朝著那些鏟斗形的窗喊：「豹——夾——里——啊——」

父親朝著那些鏟斗形的窗喊：「豹——夾——里——啊——」

妹妹朝著那些鏟斗形的窗喊：「豹——夾——里——啊——」

於是，我也朝著那些鏟斗形的窗喊：「豹——夾——里——啊——」

大哥釋放後說，他從來沒有聽見我們喊他。

他在蓬萊分局裡只待了兩夜，便被送到車站路那兒的第三看守所去了。

大哥變了

大哥極少談及在看守所裡的兩年他是怎麼過的，他不談我們也不便問，怕是揭了瘡疤什麼的。但有一點是確切無疑的，大哥變了。

大哥上中學時，與蓬萊市場那些賣狗皮膏的混得很熟，摔跤、舞石擔、砍磚瓦，那幫傢伙們耍什麼，大哥也就耍什麼，為之挨了父親不少棍子，但棍子的烏青與石擔的烏青混合在一起，大哥覺得挺自在的。

大哥常把學到的本領在兩個弟弟的面前誇耀。他雙腿叉開，那麼一站，讓我和二哥，一邊一個，搬他的腿。二哥搬得認真，肋骨在背上一扭一扭的，活像隻被釘住了的蟲。我知道硬來不成，便暗暗算計他的軟處。我忽然騰出一隻手來，冷不防地往他的褲襠裡一抓，他嚇了一跳，那雄糾糾地扠在腰間的雙手慌忙趕來救急，一時亂了陣腳，被我們破了他的「金剛功」。

大哥曾很努力地砍過一陣瓦片，從一片漸漸加到五片，一直砍到那建築工地的看門老頭呱呱地罵。但他並沒有發展到砍石頭。大哥告訴我，那幫賣狗皮膏的「削石如泥功」是假的。他們讓內線擠在人堆裡，冒充觀眾，那演功的一聲吆喝，那內線便從街對面的牆角裡撿來一團鵝卵石，讓那賣狗皮膏的砍得滿場喝采。其實，那塊鵝卵石早用鐵錘擊破，再用糯米飯粒黏攏來，裂縫處滴上些蠟，抹上些灰砂，便很難覺察了。那糯米飯粒乾後閃亮亮的，混在花崗岩斷層的晶粒間，儘可放心地讓觀眾們一個個托在手裡驚嘆了。

砍石頭是假戲，但耍石擔是真功。那七、八十斤的石擔在渾身的疙瘩肉間翻滾，沒有三年五載的苦功硬是練不出來的。大哥雖沒有達到那麼專業水平，但也練出了兩塊鼓脹脹的胸大肌，幾乎每天總要讓他兩個弟弟去捏弄一番。然而，從看守所出來，那兩塊胸大肌消失了。也許並不是消失了，而是像羊脂一樣融化，沿著嶙嶙的肋骨流下去，卻將那肚皮脹了出來，但大哥從來沒有讓我去摸。

大哥曾是打架的好手。我記得有一回大哥帶我們去游泳，那年他大約十五、六歲的樣子，我們兄弟三人在游泳池裡打打鬧鬧的，把那救生員惹火了，他一把將大哥從水中拖上岸來，不料大哥回身一拳，正正地打在那救生員的肚子上，那傢伙捣住肚子，依依嗚嗚的，半晌站不起身來。好在大哥被拖上岸時背上蹭去了一塊皮，算是公平交易，兩不吃虧，把我們兄弟三人攆出游泳池便算了事。大哥教我們打架，「最重要的一條是，」他對他的兩個徒弟說：「拚命。」

大哥的信條確實成了我童年的原則，隨你怎麼罵，我自可不理，但千萬不要動手動腳。當然，隨著年齡的增長，對自己在社會中所處的地位的理解逐漸加深，那種拚命精神逐漸減退，但這種減退在大哥身上表現得尤其突出。

有一次，大哥和我上浦東去挖野菜，那時，他被釋放已有兩年了。回來時每人扛了一袋馬齒莧。那時正是下班高峰，渡船擠得厲害。我將大哥推上了船，可我還擠在那渡船的鐵柵欄門外邊。我急了，拚命往裡擠，我知道，那鐵柵欄門不關上，船就開不了，所以我就死活頂著，不讓那門關上。汽笛一遍遍地拉，那關門的傢伙急了，順手給了我一巴掌。我把肩上的麻袋一摔，便向那傢伙撲去。可惜人太擠，衝不上去，鐵柵欄門卻嘩的一聲拉上了。我咬牙切齒地站在碼頭上，看那渡船慢慢離去。只見大哥在船上，站在鐵柵欄門內，被那關門的傢伙罵得狗血噴頭，大哥卻雙手低垂，半張著嘴，一副傻相！

大哥精力充沛，很少能坐定，連晚上睡覺也似乎還在耍石擔，從地鋪的這邊滾到那邊，有時，被父親的背擋住了去路，於是又不遠萬里滾回來，把兩個弟弟壓得吱吱叫。但闊別兩年，大哥忽然搖身一變，立地成佛了。他常坐在一只肥皂箱上，半晌不動。我起先還以為是屋角的木梁使他抬不起頭來。有幾次我把那只肥皂箱移到屋中間，但大哥依然半彎著腰，雙手擱在膝蓋上，眼光落在膝蓋前一、兩尺的地上，似睡非睡，任老虎窗射進的陽光把他的影子從左邊挪到右邊，然後又像紙一樣，攔腰一折，貼上東牆。有時一隻蒼蠅會停在他的一隻耳朵上，也許那皮膚沒有多少血色，那蒼蠅東搔搔西抓抓，自覺沒趣，便悻悻飛走。

出獄時，大哥屁股上有兩個大褥瘡，母親告假回來每天給他抹洗換藥，我若在家，便給母親當助手。母親輕手輕腳，生怕弄痛了兒子，但大哥那蒼白的骨盆兀自突起，石膏般的似乎沒有感覺。

吃過晚飯，大哥便早早地睡了。磨牙磨得厲害，除此之外，絕無動靜。他裹著一張棉毯，雙腿蜷曲，面牆而睡，那棉毯的皺紋，希臘雕塑似的，紋絲不變地從黃昏一直保存到清晨。

大哥吃飯一向如同救火，常常是還未等父親、母親坐下，他已嘴巴一抹，匆匆下樓去了。可出獄後，他的吃風大變，他把半匙米飯送入口中，細細咀嚼。有時我好奇，便放下筷子，看他一口飯究竟要嚼到何年何月。他覺察我在看他，便把眼睛閉上，可腮上的咀嚼肌仍在不緊不慢地抽動，看得我眼睛發酸。那握碗的姿勢也奇怪，他把左臂擱在桌上，彎成一個半圓形，海灣似的把他的碗保護在中間。若有飯粒落下桌去，他必彎腰去撿，但左手依然護著桌上的碗。身體的這種扭曲，往往使他喘息。他一邊喘氣一邊伸出舌尖，將沾在飯粒上的塵土舔去，然後送入齒間，又是一陣細嚼。

母親從小不許我們把飯粒剩在碗裡，但她也從來沒有允許我們舔過碗。但大哥卻在眾目睽睽之下，慢條斯理的只管舔。那碗蓋著他的臉，慢慢轉，只見半截舌頭時時捲出碗沿，一溜一溜的。舔罷，他便把碗放在桌子上，茫然地看著母親流淚。出獄後好久，他竟不讓任何人洗他的那只碗。那碗看上去也確實不用洗。

鳳尾魚的悲哀

不知是在哪兒讀到的，還是聽別人講的，日本某些山村古時候有一種風俗叫「背老」。老人到了一定的年齡，喪失了勞動力，即由兒孫背上山去，挑一塊清淨的地方放下。那老人便盤腿而坐，不飲不食，悠然逝去。我常常想，如果那個島國古風能在二十世紀的上海像日本彩色電視機一樣得以流行，中國這個最大城市的許多棘手的社會問題便可得以解決。

麻煩的是，上海灘乃沖積平原，境內最高的山峰為人民公園的紅嶺，海拔八米的高峰上紅亭一座，談戀愛的男男女女尚難擠進半邊屁股。即使你踩著眾人的腳把你爹背了上山，卻也不好意思在那些紅男綠女的頭頂上把你的老子放下去。

父親本是大漢一條，剛搬進閣樓時，他站在屋子中間，還得稍稍把頭低下點兒，才不至於碰到閣樓上那根最高的屋梁。但到了逝世前不久，任憑他如何努力伸直胳膊，也碰不到屋梁下掛著的鐵聽。

其實，父親的腰一過六十歲便開始彎曲了，只是那時他尚在推板車，推板車本就是彎腰拱背，所以開始時父親對他那根變形的脊梁尚未在意。只是到了他六十九歲那年，有次板車上蘇州河橋，父親照例在車後奮力地推。那車一過橋頭，後面推車的便可直起腰來，在車後小跑跟著，由前面拉車的搭著車把，向橋下一路衝去。但父親那次卻直不起腰來，板車朝前一衝，父親迎面撲倒，臉上摔得半邊青紫。

父親以為腰彎乃腎虧之故，牛鞭子是中藥裡強腎的上品。但父親一個星期推車所得尚難買到一根牛鞭子，於是父親便時常在星期日的清晨，提著個竹籃，在各菜場的肉攤轉悠，沉甸甸地提回來一籃一籃的豬鞭子，煮得閣樓上騷氣沖天。

俗話說「誠則靈」。父親雖篤信那一鍋鍋豬鞭能像水泥裡的鋼筋一樣，使他的脊梁重新豎起，卻萬萬沒有料到那些公豬們早就被閹割，陽器尚存，陽氣盡去。吃到七十出頭，父親的腰仍毫無起色。車隊裡的同事也失去了信心，沒有人再敢擔風冒險與父親搭檔。於是父親不得不與板車告別，從此隱居閣樓，度過他的餘生。

父親正式歇腳的那年，閣樓上的人口減少到了歷史最低水平——大哥結婚分了家，妹妹去了雲南農場。閣樓上只有父親、母親和我同住，那時我已從汽車學校畢業，重返閣樓，每日早出晚歸，在汽車修理四廠工作。

父親那個人力車隊是個做一天算一天的所謂「小集體」單位，在職時沒有醫療費，停工後沒有退休金。大概是不再在馬路上顛簸的緣故吧，那白內障的乳膠開始在父親的瞳孔上沉澱攏來，蔽去了父親的大半視線，父親似乎只能坐吃了。好在母親那時尚健，雖已無力外出幫傭，但還能在家裡裁裁縫縫。時髦談不上，但價錢便宜，針腳又實在，所以主顧倒也不斷。再加上我們兄弟三人均已工作，每人每月給父親五元，連妹妹有時也會從雲南寄回幾塊錢來。每次收到女兒的錢，母親便會朝著南窗外的天大聲罵道：「你這個賤丫頭，你是存心找死啊，要你往家裡寄錢？」罵罷往往又哭。

所以從經濟的角度來說，似乎並無把父親背上山去的必要。但父親也許沒有注意到，他身邊唯一的兒子已悄悄長大，他已不再能在父親的大腳下睡得安穩。

熱帶淺海中有一種叫鳳尾的魚，那鳳尾魚的求愛程序相當複雜。雄魚先得在母魚周圍表演種種舞蹈，炫耀其雄性魅力。母魚若看中了某條求愛者的健美，接下來便是觀察那位候選者的打獵本領。那雄魚使出渾身解數，左右開弓，將一條又一條小魚小蝦啣至母魚的嘴邊，母魚美餐一頓之後，便一搖一晃地尾隨那雄魚進窩，實地考查居住條件。那雄魚縱然帥哥一個，好漢一條，但如果巢穴不夠水平，那牠仍有丟失配偶的可能。

我那時二十多歲，繼承了父親沒有彎曲前的身高，還有他那條至死始終堅挺的鼻梁，雄性的魅力可說已有了那麼七、八分了。至於說謀生本領，中專畢業生，見習技術員，似乎也在一般水準以上。魚大半是近視眼，但姑娘們的目光看得遠，我的家庭出身注定了我不會有多大出息，所以我這個全民所有制的正式職工，往往只能降格以求，在街道上工廠「小集體」單位中尋找對象。有些姑娘考慮到未來子女的醫療保險，和更未來退休後有個依靠，願意將政治前途和實際利益作一番妥協，居然也有幾個進入了擇偶的最後階段：

「我們認識也有好幾個月了，什麼時候去看看伯父伯母？」

姑娘說那話時往往臉色緋紅，但我明白那醉婆之意不在酒，她是要來實地考察我的巢穴了，使我萬分傷心的是，好幾個姑娘從閣樓下來便從此脫鉤，流入人海，不知蹤影了。

其實，母親是盡了責任的。每次姑娘來訪之前，母親必將閣樓打掃一番，地板拖得乾乾淨淨，如同舢板的船艙。母親給父親換上一身新衣，有時還把父親的一雙大手浸在熱水裡，將那些龜殼似的指甲泡軟，然後啪嗒啪嗒地修剪一番，免得上桌吃飯時嚇退了未來的兒媳婦。母親每次總要洗髮，整整齊齊地攏在後頭，顯得很精神。

父親眼睛雖然看不真切，但也知道來了貴客，只是坐在凳子上，任那一條條衣縫挺得正經。母親早已將碗筷用鹼水洗淨。一盆煎蛋，一盆紅燒魚，那碗青菜也炒得油光光的。

姑娘極文雅地吃。那嘴小得幾乎一次只能勉強地塞進半粒米。姑娘一邊吃，一邊將閣樓四下打量，忽然細聲細氣地問：

「伯父、伯母是住在樓下的吧？」

母親慌忙答道：「呵，不，我和老頭子睡在那頭，龍龍睡在這頭。」母親撒了個小小的謊，提前把父親挪了過去，似乎那南頭的地鋪已是新媳婦的地盤了。

母親覺察到了姑娘的失望，便很得體地自言自語：

「其實，我還是很喜歡這個閣樓的，冬天一屋子的太陽，夏天一屋子的風，曬被子從來不用下樓，一關上門與誰也不搭界。說實的，我們兩個老的，還有幾年呢？」

正說著，父親忽然一陣騷動。母親知道不妙，慌忙中斷獨白，站起身來，用力將父親扶起，我早已扔下碗筷，將尿罐遞了過去。

母親的身體擋在父親和姑娘之間，只是一個勁地說：

「沒事，沒事。吃，吃啊……」

冷場。

父親拉尿了。

叮叮噹噹，震得我心頭發痛。

路條和炒麥粉

我一推開地板門，發現父親又被卡在屋角裡了。他的腦袋鑽在閣樓天花板和地板構成的尖角裡，身上橫七豎八地壓著些零星木料，活像一隻被夾住的大老鼠。父親並不掙扎，他雙手平攤，仰面躺著，一雙巨大的腳，石碑般地豎起在地板門邊，靜靜地等待著營救。

閣樓上一片靜寂，唯有塵粒在西斜的光束中緩緩翻飛，暗示著不久前的一場混亂。

我並不慌張，我放下背包，從熱水瓶裡倒出一杯水，呷了一口，太燙，於是我放下杯子，嘆了一口氣，站起身來，開始營救父親。我抓住父親的雙腳，用力往外拖，父親的下巴帶著幾塊小木板緩緩地向外移動。父親對他的兒子高度信任，無論我如何使勁，他連腳指頭也不動彈一下。

我終於將父親拖了出來，但父親依然躺在地板上，眼皮在光束的照耀下微微抖動，暴露了他的假眠。我無可奈何地繞到他的頭邊，雙手插進他的後頸，使勁將他扳起，然後再在他的屁股下塞進一只板凳。我從竹篙上拉下一條乾手巾，一面喘氣，一面拍打著父親身上的灰塵。父親只是閉著眼睛，聽任手巾在他的腦袋上拍打，彷彿一只剛從倉庫裡搬出來的大酒罈。我被灰塵嗆得連連打了好幾個噴嚏，不禁有點惱火。我彎下腰去，衝著他的後腦勺，氣沖沖地喊道：「還在找，還在找！早就告訴你了，派出所收去了，剛來上海時就收去了！」

那光溜溜的腦殼上顯然沒有聽覺神經，我的聲浪徒然地激起了些塵粒，只是在我自己的鼓膜上嗡嗡了一番。其實我也知道，我叫得再凶也是白搭，明天，或是後天，又會再來一番折騰。

父親是在八十歲上去世的。在他生命的最後幾年裡，父親迴光返照似的，忽然固執地要回家，回江西的老家。二十五年前父親帶著我們全家，從鄱陽湖出發，沿著長江，順流而下，在這鹹水淡水交界的上海灘上苦辣辛酸了一番，似乎終於到了應該洄游的時候了。

那時大哥已經結婚。星期天有時會抱著他的女兒上閣樓來。母親抱著第一個孫女，喜歡得前俯後仰，但父親似乎無動於衷。孫女坐在他的膝上，伸出小手去抓他的鬍鬚，但父親卻不受干擾，繼續他的噥噥自語。說著說著，有時會將手指伸進嘴裡，掏出一顆牙齒來，於是那聲音變得更含混，時續時斷，猶如快滅的煤爐上熱著一鍋冷粥。我曾努力地聽，沒聽懂不要緊，過了十來分鐘，又會重播。我終於聽清了父親的故事。

父親說，鄱陽湖裡的魚多，他老子又是個抓魚的好手。他說他父親喜歡冬天抓魚，卻不用網。他說鄱陽湖的鯰魚極肥，但怕冷，一到冬天便在岸邊的水下鑽洞，常常是幾十條，甚至是上百條擠在一個泥洞裡。他父親常常帶著他，划著條小船，沿著岸慢慢找。他父親能根據冒出的氣泡找到魚洞，然後脫光衣裳，灌幾口燒酒，一個猛子扎下去，就只見活鮮鮮的鯰魚一條一條地往船上扔。父親說鯰魚凍好吃，煮上一大鍋，端到雪地裡，一夜就成了琥珀一樣的魚凍，投下一根筷子，會彈出碗外。

父親說，江西土匪多。他說有一天半夜，村裡來了土匪，他母親抱著他蹲在池塘裡，只冒出一個嘴巴。等土匪過後，鑽出水來，他的褲襠裡一扭一扭的。他母親伸進去一摸，嚇得她臉色煞白，叫他就那麼蹲著，千萬不要動，一動那蛇就會咬。他父親來了，從他的褲襠裡揪出條黃鱔，足足有兩尺多長。

父親說，他小時候從來不用草紙擦屁股，草紙是父親用來點旱煙的。將草紙緊緊地捲成一根紙媒，用兩塊火石打火點燃，火星剛濺到那媒頭的炭灰上，舌尖便一個咕嘟，送出那麼一團不大不小的氣，火便從紙媒頭上冒了起來。那紙媒頭上的炭灰極為要緊，每次用後便小心放入一根細細的竹筒，掛在腰帶上。有一次他不小心將父親的媒頭碰掉了，他父親大為惱火。那天他父親原打算帶全家去看划龍船，臨出門時他闖了那麼一場大禍，觸了媒頭，那是非常不吉利的，所以那年的端午節居然沒有到湖上去看龍船。

我聽得好奇，忍不住插嘴：「不用草紙，那用什麼來擦屁股？」

「竹片。」父親並不看我，眼睛依然望著無物。

自從我那次插嘴後，每次父親講到那回沒去成的端午龍船，必停下數秒，彷彿那是新聞發布會固定的QA時間，然後父親眼睛望著無物，答道：「竹片。」

我很驚訝父親竟能將七八十年前的瑣事記得那麼清晰，但父親的嘀咕裡從來沒有提及來上海後的任何經歷，彷彿那後二十餘年的生涯尚未發酵，還沒有到反芻出來咀嚼一番的時候。

父親不僅嘀咕，而且更有行動，他常常乘家中無人的時候翻箱倒櫥地折騰一番。那時父親雙目的白內障幾乎將瞳孔完全蓋沒，所以那搜索其實是摸索。每抓到一張紙片，必送至鼻尖，先摸後聞，然後一扔，再繼續翻尋。

父親找的是一張路條。

當年父親帶全家離開老家時，江西已經解放，各村紛紛成立農會，開始進行土地革命。當時我們村那個農會的注意力還集中在幾家大戶上，父親那幾十畝薄地尚未提上議事日程。父親向農會提交申請，請求農會批准全家到湖南衡陽去探望岳父，農會派人來我家檢查。

好端端的一個家幾乎原封未動，床上的枕頭被褥疊得整整齊齊，彷彿我們天黑就會回來。臨行時，農會仔細地檢查了我們全家極為簡單的行李，確信沒有任何細軟，便開了一張路條給父親，同時還託父親從衡陽捎幾包好菸絲回來。我們一家到了衡陽之後，父親寄了幾包駱駝牌菸絲回去，但一家六口從此遠走高飛，再也沒有返回故鄉。

我剛上小學時，還見過那張路條。毛邊紙，毛筆字。我不認識那些字，但記得有一方很大的印，油泥很重，紅紅地滲透了那紙中尚未化盡的茅竹纖維。那路條實在是非同小可，它不僅使我們全家順利地通過了江西境內的各個關卡、哨崗，而且在上海居民登記，建立戶口時，使我父親僅得了三年管制，而不是以流亡地主押送回鄉。但那張路條卻被派出所收了去，我估計至今還好端端地保存在父親的檔案裡。但不知何故，父親的記憶竟沒有將堂堂的派出所登記上去。父親說，他要把路條帶回去，帶回去給農會看，農會批准他一家出來探親，當然也會批准他一家返回故鄉。

歸途千里遙遠，乾糧得準備充足。上一次大世界，炒麥粉就得帶上結結實實的一大聽，舉家返回故鄉，那得炒多少麥粉？父親決心已定，除了尋找路條外，更是努力準備乾糧。從此家中不能有麵粉，一有麵粉，不管你藏在哪兒，準會被父親發現，一發現便立刻給你炒掉。他雖然已無法從鐵鍋中麵粉發黃的程度來判定是否炒熟，但他鼻子的嗅覺尚在。待閣樓上瀰漫著麥粉的焦香時，父親便抖抖索索地把鐵鍋端到桌上，撞倒些瓶瓶罐罐全不在意，只是一心待那麥粉冷卻，裝入鐵聽，壓了個嚴嚴實實，大巴掌在聽蓋四沿拍了又拍，然後摸索著掛上屋梁，沉甸甸地壓彎了那些鐵釘。

父親不許任何人動用他的貯備。母親怕那聽中的炒麥粉變質，有時偷偷地撬開一個鐵聽，還未等她舀出半匙，父親就聞到了氣味，他立刻會張開巴掌在腿上用力拍打，大叫：「吃啊，吃啊，吃完了看你路上怎麼辦？」同時還會努力從凳上站起身來，伸出手臂，朝母親摸去。腦袋在屋梁上撞得砰然作響，但父親只是捨身搶救他的乾糧，嚇得母親連連討饒：「好，好，不吃，不吃……」但父親還怕有鬼，一定要將那掛在屋梁上的鐵聽一一摸過，沉甸甸地都在，這才放心。

父親有幾乎用不完的鐵聽，早年父親拉板車時，就不時地撿些空鐵聽回來，放上屋頂，點上一團報紙，扔入聽中，任那聽中的殘漆燒得濃煙滾滾。待火煙熄滅，再用破布沾著水和煤灰，使勁地擦上半天，一直要擦到鐵皮的原色全露。然後裡外塗上桐油，曬上幾個太陽，收藏待用。

問題是那些漆聽經過那麼一場火燒沙擦，早已失去了原有的密封。黃梅季節一來，濕氣透入聽內，那麥粉吸潮霉變，鼓脹脹地將聽蓋頂開，飛出無數粉蟲。然而父親並不慌張，只是將那生蟲的麥粉一一重新炒過，然後將那植物蛋白和動物蛋白的混合物重新壓回鐵聽。

環狀軟骨

父親在打瞌睡，冬日把窗格投射在他身上，有點像老樹根上搭著一張破網。

父親坐在一把竹椅上，臀下墊著一張老羊皮，他的雙腳埋在一只暖窩裡。那暖窩是一只圓形的籐筐，裡面填滿了棉絮破布。煮粥時只需將米煮到發白，便可將粥鍋端進暖窩，四周用棉絮破布填緊，約莫半個鐘頭，那尚未溶化的米便窩成了一鍋稠粥了。那暖窩保溫有效，無奈父親的血汁已枯，窩了半天，那一對腳後跟依然乾裂如故。

那是一個星期日的中午，母親一早被人請去洗曬被褥，上午拆洗，晾曬出去，做些雜事，下午三四點鐘將曬乾的被褥收進，縫起。母親說，她要傍晚才能回來，讓我照料父親。

十一點鐘左右，我打了一個雞蛋，炒了一盤油炒飯，端給父親。父親的牙齒幾乎落盡，但那兩腮的皺紋似乎比牙齒更加有勁，章魚般地一陣扭動，父親便抓著一只空碗了。我接過空碗，父親的雙手卻依然架在空中，很虔誠地等待著那碗沉甸甸地歸來，我卻抓過一條手巾，往父親的嘴上抹了一圈，父親的身子搖晃了一下，雙手終於失望地放了下來。

我把桌上的碗筷收拾乾淨，放上兩包剛買來的白牆粉，準備把閣樓四壁粉刷一遍。白色有一種擴張的錯覺，我希望由此而增加若干視覺面積。我剛把北牆的灰塵撣淨，就聽見父親的呼吸有些異樣，我轉過身去，果然，父親的腦袋往前沉了下去。我趕緊扔下掃帚，想把父親的頭扶起來，我的手卻停在半空。

父親坐著打瞌睡時，腦袋總是一衝一衝地順時針轉動，往右衝那麼幾下，再往後衝那麼幾下，然後往左，往前。往前衝是四個衝程中最短的，往往幾聲咕嚕，便往右轉去。如果父親在前衝的位置上停留過長，便有窒息的危險。父親曾因此窒息過一次，那次家中無人，萬幸的是，那次他的身體失去了平衡，往前倒了下去。雖然前額隆起了一塊烏青，卻救了父親一命。當然，可由父親一直躺著，但躺久了又會得褥瘡。

我們曾帶父親上醫院去檢查，醫生在父親那蜥蜴般的頸皮裡摸索了一番，下了診斷：老了。他告訴我們，父親喉嚨裡的環狀軟骨老化了，腦袋往前衝，待得過久，那氣管便被壓癟，氣流阻斷。在一般情況下，患者會自行調整頭的位置，但偶爾也需要有人幫助一下，把患者的下巴托一把即可。

我的手幾乎就要碰到父親那毛渣渣的下巴了，只要往上托一把即可，但我的手卻僵住了。

父親的臉漸漸脹成醬紅，左臉頰上的那塊傷疤也一閃一閃地腫脹起來，那是父親早年推板車在蘇州河橋上摔的。

只要往上托一把即可，但我仍在作著艱難的選擇。

母親曾多次照料癱瘓病人，大半是由於中風。每次料理完一個新的主顧回家，母親總要再三叮囑她的子女們，如果她一旦腦充血中風，就讓她躺在地上，靜靜睡去，千萬不要送醫院去搶救，千瘡百孔地將你扎醒，那往後的日子才是真正的遭罪。「千萬不要把我吵醒！」母親說完，總要把目光在她的幾個子女的臉上一一掃過，以示她的決心。

我的手從父親的下巴縮回，我的腳往後倒退，眼睛卻依然盯著父親太陽穴處爆出的青筋。

中國人祝願別人「萬歲」，但我以為那簡直是詛咒。就算你享了百年榮華，那剩下的九千九百年，便要你獨自躺在床上，聽窗外的蟲鳴，聞身上的尿騷。蒼蠅可以自由自在地在你眼皮上拉屎，你卻從此不能碰一下自己的腳指。一日三餐縱然有人餵飼，但那食物在你的腸胃中並非消化，而是腐爛，爛成膿液從褥瘡口長年不息地流出。子女們一代接著一代屏住呼吸前來探望，然後一代接著一代地衝出門去，歡呼他們的短命。

我猛地掀開地板門，衝下樓去，門板在我頭頂上砰然關上，我已在人行道上狂奔。太陽電焊光般地閃耀，世界一片曝光過度。自行車鈴如同警鈴，卻忽然又寂然無聲，梭子魚似的成群滑過。我一頭撞進一家電影院，坐在暗中，靜聽胸廓中的心跳。

我覺得我是清白的。

在印度的叢林中迷途，有時候突然闖進一個峽谷，白茫茫的一片象骨。那是象的墳地。大象是極有靈念的，當牠們在綠色的叢林中享盡了自己的那份應有的精力，便會緩緩地向墳地走去，先輩們早已給牠們留下了空位，只需躺下便是，讓風風雨雨溶去皮囊，悠悠地化成一架白骨。

我把頭擱在前排的椅背上，雙手抱著後腦勺，我努力地追憶著周身的疼病，我的腿開始疼了，我的背開始疼了，父親猛地一棍打下，我的左臂一陣發麻。是的，父親打人是極凶的，他不用巴掌，也不打屁股。他用的是棍子。那根栗木棍子兩尺來長，一寸來粗，筋紋扭曲，烏黑油亮，天生的一副凶相。像打狗一樣，父親打過大哥，打過二哥，也打過我。他那揮舞的棍子曾順便打破過燈泡、熱水瓶之類，但那些玻璃的爆破聲似乎從來不會干擾他的懲罰。一陣棒打之後，父親又會命令我們走到他的身邊，在挨棍處一一捏掐，檢查是否傷了骨頭。妹妹似乎是最幸運的，她從來沒有挨過父親的棍子，大概是當她長到能承受那棍子的打擊時，父親已經老了。

一簇蘑菇在暗中閃爍，一簇鮮豔的蘑菇，彷彿是一個粗心的放映員在黑白的膠片上錯接下了一段彩色的片頭。

去你的吧，毒蘑菇們，我未曾得到過你們的幫助，而且我再也不用你們幫助了。

父親，我記得你帶我和大哥上浦東去挖野菜的時候，我曾在草叢裡見過些花花綠綠的蘑菇，大哥說別去動它們，說不定是些毒蘑菇。過了數年，我在一本《大眾醫學》雜誌上，讀到了一篇文章，叫〈毒蘑菇的辨認〉，我竟剪下了那張彩色插圖，時時盯著那些色彩斑斕的毒蘑菇出神。「鬼帽子」血紅，「熊醉倒」鮮黃，「貓兒眼」更是晶瑩瑩的一顆綠珠。那文章說是毒蘑菇的毒素大多是神經毒素，中毒者往往出現頭暈、目眩、幻覺等症狀，最後常常以呼吸神經麻痺而窒息。由於毒蘑菇的毒素化學成分極其複雜，常規化驗手段很難從中毒者的血液或尿液中把它們鑑別出來。

父親，你生命的精華已經耗盡，剩下的歲月只是受罪，你為什麼不尋找一種解脫呢？比如說，一顆小小的「貓眼兒」便足可以使你安然逝去，沒有痛苦。也許你會出現幻覺，但幻覺是一種快感。父親，你常常幻夢，夢見你的童年、你的故鄉，幻夢成了你唯一的快樂。父親，你為什麼不來一場極度的幻夢，讓你生命中一切美好的回憶禮花般地爆發，然後悄然熄滅？

父親，我知道你老人家已無法再上浦東去了，但我可以為你去採，待開春了，我去採幾顆回來。只要在菜湯裡放上那麼一顆，你趁熱喝下去，然後便去睡你的覺，你便永遠地解脫了。如果有天堂，你一定是夠格的。如果沒有天堂，你也至少解脫了地獄之苦。七十古來稀，父親，你已近八十，死得安安詳詳，不喊不叫，沒有人會覺得不對頭的地方，即使化驗，也驗不出什麼名堂來。父親，你的兒子不信鬼神，不信報應。退一萬步說，就算有鬼神，就算有報應，兒這麼做，又有什麼罪過呢？這不正是苦海超渡，大慈大悲，大善大德？

我一次又一次地幽幽地演習著我的壯舉，卻一次又一次地悔恨為什麼沒有付之行動。冬天我等待著春天，春天我又希望最好有一場夏天的雷雨，夏天裡我又想秋天裡的蘑菇也許更為成熟……

好了，父親，現在我不用再為我的遲疑而羞愧了，天賜良機，神助我也！

突然一片光明，照得我眼花。我隨人群擁出電影院，我覺得頭昏，如在雲中。

我走過飽和飯店，那飯店早已改成了一家雜貨鋪，賣些肥皂草紙、火柴蠟燭之類。那店的玻璃窗反射著夕陽，像著了火。我偏過頭去，卻突然看見了父親！

父親在奔跑，古怪地奔跑。他手裡抓著一只大碗，往一行長長的隊伍後面跑去。

我看見了那飽和飯店門口的隊伍，那買豆渣糊的隊伍，從蓬萊路一直拐進文廟路，看不見盡頭。我聽見了父親的喘息，我聽見了父親的咳嗽……

我在馬路當中站住了。

我沒有聽見汽車的喇叭和煞車。那開車的卻突然出現在我的面前，猛地在我背上擊了一巴掌，罵得我滿臉唾沫！

我突然拔腿飛奔，往家裡跑去，我衝上樓梯，猛地撞開地板門！

父親依然坐著。

但他並不是在打瞌睡，而是坐在煤爐邊，手裡抓著一把鍋鏟，專心致志地炒著一鍋白粉。

桌上扔著兩只牆粉的空袋。

父親全然沒有覺察我的氣喘。他的額角摔破了一塊皮，血流凝固在他的顴骨上。父親把手伸進鍋裡，試了試那白粉的溫度，他抓起了一小撮白牆粉，哆哆嗦嗦地往嘴裡送去，卻被我一巴掌拍掉。父親這才轉過臉來，一對白色的瞳孔莫名其妙地盯著我。

我扶著父親的肩，嚶嚶地哭了。

西雙版納

一九六六年，我妹妹初中畢業，正是上山下鄉的對象。那年她十六歲，與二哥八年前上甘肅當學徒時的年齡相同，然而妹妹卻要走得更遠——雲南省西雙版納傣族自治州。母親不免傷心，但妹妹十分興奮，電影裡時常出現的西雙版納的那些竹樓、芭蕉、筒裙、芒果之類使妹妹神往不已。

由於她要去的那個橡膠園是一個軍墾農場，所以妹妹特地縫製了一套草綠色的軍裝，腰間束了一根皮帶，將妹妹那少女身材襯托得十分英武。中學時，由於家庭成分的關係，學校的紅衛兵組織沒有她的份。但搖身一變，她忽然成了中國人民解放軍軍墾農場的成員，瞧她那副神氣勁，成天穿著那套自製的軍裝，風風火火地衝上衝下。母親大包小包地給她準備吃的，但妹妹衝著母親直嚷嚷：「你這是發神經病啊！西雙版納，香蕉順手就可以摘，菠蘿把你絆得摔跟頭，每家每戶都有魚塘，你要我帶這些臭哄哄的鹹魚去做啥？」

我知道妹妹去的是個好地方。左右鄰居中，有不少去內蒙古、黑龍江的，比起那些風沙冰雪來，西雙版納簡直就是天堂的後花園了。我唯一擔心的是蛇，我給妹妹買了本《毒蛇咬傷防治知識》。那書裡列舉了中國的十來種主要毒蛇，雲南省幾乎全有：蝮蛇、蝰蛇、金環蛇、銀環蛇、眼鏡蛇、響尾蛇……其中最可怕的要算是眼鏡王蛇，成蛇長達三公尺，主動攻擊人畜，發怒時，毒汁可從毒牙射出數步遠，被眼鏡王蛇咬著，不死也得殘廢。

我按書中列舉的蛇藥一一採購，中藥、西藥、片劑、針劑，外敷的、口服的，鼓鼓囊囊、五花八門地裝了一大包，其劑量大概足夠對付一個軍的兵力同時被毒氣熏倒。我還讓妹妹摸擬了幾次十字切口排毒法，以鋼筆代刀，在手和腳易受攻擊的部位劃上紅色的切口，演習擠壓、吮吸、沖洗、敷藥等急救程序。妹妹做得如此認真，以致有一次演習結紮阻斷血流時，竟毅然撕破了一件八成新的白襯衫。但兩年後妹妹終於還是殘廢了。

頭兩個月裡，妹妹的來信如同散文，形容詞極多。語言尚未盡興，更有照片為證。或從傣族的竹樓上探出一個腦袋，或在芭蕉樹下作抬頭狀，彷彿照片上方果實纍纍。或將一只芒果伸向鏡頭，使人相信那果子起碼有噸把重。那張割膠的照片最為傳神，妹妹頭上戴著盞燈，雙手執刀，正往膠樹上切槽。妹妹說割膠必須在太陽出山之前，露水未乾方能使切口流膠。那照片一定是用閃光燈照的，那割膠刀的V型刀刃銀光閃閃，顯得極為鋒利。

但一上第三個月，大概是那邊旱季來臨的關係吧，妹妹的信明顯地乾癟了下來。說來也令人難以置信，那年頭連西雙版納那樣的熱帶雨林地區也鬧糧荒。沒過多久，在妹妹的來信中，鹹魚、鹹肉、醬菜、砂糖之類便完全取代了青山綠水、豪言壯語了。然而上海郵局裡有專門的布告，禁止郵寄醃臘食品。但母親知道女兒不到萬不得已是不會開口的，於是每次郵寄都寄成了一種類似恐怖分子的祕密活動。

母親將郵包送至郵件檢查窗口去檢查。當然，那是沒有問題的，郵包裡是幾本書和一雙海綿拖鞋。「啪」的一聲，郵單上蓋上了「已檢」的圖章。然後母親將已檢的郵包拿到郵局一角的桌子上來縫線。我早在那兒等候。待母親走到桌子，我便從書包裡掏出一個郵包，和母親的那只郵包外觀一模一樣，一樣的布，一樣的尺寸，一樣的重量，但裡面裝的卻是頭頂上那張布告禁郵的東西。兩只郵包同上桌子，稍一擺弄，便神不知鬼不覺地掉了包。母親將我的那只郵包仔細地縫上，寫上地址，貼上郵單，隨後交付郵寄。那收郵員核對了尺寸和重量，又捏了捏，她一定捏著了那切成了與海綿拖鞋一樣的鹹肉，不錯，郵包裡的東西與郵單一致，於是那郵包便被扔進了郵袋，一個多月後，我妹妹便可收到了。

母親萬般小心，那鹹魚鹹肉之類裝入幾只加厚的塑料袋，層層封口，以防油水氣味逸出。然後再將塑料袋裝入一只人造革袋，袋口縫上，以防塑料袋被刺破。玻璃瓶裝的醬菜、辣醬之類全部換成塑料瓶，一一以蠟封口。醬油則反覆煎熬，結成柏油似的一塊。所以在那兩年裡，母親的郵包從未「漏餡」。

然而，最麻煩還不是食物。

那軍墾農場軍隊編制，我妹妹的地址便是一個番號：八三七六部隊，一師一團，四營四連。農場各級領導均由原雲南軍區一個地方軍的退伍軍人擔任。那些在軍隊的大熔爐裡苦熬了多年的農村士兵忽然當上了個連長、營長什麼的，管轄著五、六十號，甚至上百號大城市裡來的嫩鮮鮮的娃娃們。想當年，好不容易有個什麼出差的機會，到州府省會去開開眼界，喊破了喉嚨，那百貨公司的女售貨員連眼皮也不朝咱翻一下。而現在，那些十六、七、八的小妞兒們，昆明的、成都的都不起眼了，天津的、上海的，還有來自首都北京的，成天圍著咱，首長長，首長短的叫個不停。

情欲是人人皆有的東西。釋迦牟尼和他的億萬弟子苦苦地奮鬥了數千年，連那淫魔的一根陰毛也未拔掉。而這些大兵們，你要叫他們一個個清心寡欲，實在是不近人情。然而問題出在那些舊軍人的新地位使他們不僅可以胡思亂想，而且可以胡作非為。既然稱為軍隊，那麼一切得服從命令聽指揮。工作的分配、住所的分配、工資的評定，一切均由首長決定。然而，對那些初出遠門的娃娃們來說，頭等大事莫過於回家探親。既然是軍隊，那軍人的探親必由首長安排，而探親路條的批准與否往往又與那些姑娘們送申請報告那晚的表現有關。

當然也有反抗的。事情鬧到上級，那上級極有可能是那個動手動腳的傢伙的入黨介紹人，或晉升提議人什麼的。鬧了半天，往往以證據不足而罷休。說實在的，就算沒有那層關係，那號事情的證據也極難確鑿。美國的大報小報時時為一些桃色案件鬧得騷氣沖天，為解決褲襠裡的爭議，差不多連航天技術都用上了，但有幾樁能確切定案的？但在那山溝溝裡有一點是明確無疑的，即那上訴的姑娘從此給坑了，所謂穿玻璃小鞋，夾腳卻又透明得看不出來。其實那地方天高皇帝遠，不知玻璃的象徵意義，根本用不著那麼含蓄，明火執仗地整得你七竅生煙就是了。那不識抬舉的姑娘固然罪有應得，而且更給其他姑娘們立下了一個榜樣。妹妹同連隊有個姑娘患有黃疸肝炎，回上海治療，妹妹來信讓我去看望她，從她那兒我得知了許多妹妹信中不便寫的事情。

七連有三個姑娘決心逃。她們爬山越嶺出了農場，到了景頗河邊，但那景頗河鐵橋上有士兵持槍日夜站崗，沒有路條是過不去的。她們又餓又累，在鐵橋邊的小鎮上發愁。

西雙版納不產燃油，那軍墾農場所有的燃油均由油罐車從昆明拉下去。那天，一輛卸了油的油罐車返回昆明，在鐵橋邊的小鎮上歇腳。三個姑娘見那司機進了飯店，便悄悄地爬上油罐車，從上面的加油口鑽進了油罐。那司機吃過飯後開車通過鐵橋，卻被那哨兵攔住。那司機以為是要檢查，但那哨兵指了指那加油口的蓋，說敞著口不安全，讓司機把蓋蓋上。司機將那蓋擰上，便繼續他北上的行程。

兩天後他回到了昆明，按常規，休息三天，然後灌油再度南下。那司機爬上油罐車，打開加油蓋，一股惡臭衝出。後來硬是將油罐剖開，才將三具爛得發脹的屍體拖了出來。這件事故在全師通報，作為臨陣逃脫的惡果警告全體戰士。

事情還鬧得更有聲有色的。從妹妹的四連往南翻過幾個山頭，是三營的地盤。那三營裡有個姑娘懷了孕，那姑娘以為肉證如山，便鼓著個肚子告了那營長的狀。那姑娘一心想報復營長，不料她那連隊的連長早埋下了眼線。有一夜終於將那姑娘和她的男朋友從山背的草叢裡捉了出來。她的男朋友也是從昆明來的，被分配在公路隊裡當放炮員。

捉姦捉雙，那連長幹得漂亮。於是那一對倒楣的男女被押來押去，在各個連隊遊鬥，罪名是亂搞男女關係和誣陷革命幹部。

人工流產的那天，三營的全體戰士在醫院的操場上集合，其他各兄弟部隊均派了代表觀戰。兵團各級首長，包括那位受了誣告的營長和那位立了大功的連長，在手術室窗外的兩條長板凳上左右就座，面對全體戰士，象徵著領導力量的堅強和統一。

各級首長訓話完畢，那手術室的竹窗突然大開，人工流產手術當眾進行。那姑娘手腳被紮在手術台上，尖聲哭喊，操場上數百號人屏息凝聽。

一切進行順利，不料半路殺出了個程咬金。她那個晦氣的男朋友不知怎麼的，居然從營部禁閉室裡逃了出來。當然，你不能奢求那山溝溝裡的禁閉室造得像上海提籃橋監獄那麼道地，那禁閉室不過是個竹篷篷糊了點泥巴的玩意兒，所謂防得了君子防不了賊。坐那禁閉室主要還得靠你自己的革命自覺性。但那個男朋友顯然知道做不成什麼君子了，一腳踩出一個大洞，鑽了出來，直奔工地倉庫。倉庫裡無人，他從一只木箱裡抓出十幾根接力棒似的玩意兒，紮在腰間，擺弄一番，然後溜到那醫院的後面，躲在草叢裡偷聽。當那姑娘叫得興起，他突然從草叢躍出，衝到那手術室下，不顧一切地要往裡跳。沒有人知道他究竟是要幹什麼，但極有可能是想把他的女朋友從手術台上救下來，雙雙逃亡，不料卻被各位首長揪住，動彈不得。那位立功的連長摸得那逃犯的腰間硬硬的一圈，掀開衣角一看，嚇得他大叫一聲：

「臥倒！」

但臥倒的只有他一個，眾首長給他喊得莫名其妙，頭上沒有飛機，面前沒有坦克，好端端的一片藍天，不知為何要臥倒。眾人盡可慢慢討論，但那一圈炸藥卻毫不猶豫一聲巨響，把那窗裡窗外炸得個稀巴爛。那操場上的戰士幸好沒有積極參戰，在那逃犯與首長們糾纏時，他們依然與首長席保持著相當距離，隊列依然整齊。那一聲爆炸震得他們目瞪口呆，卻無一人受傷。

那一對情人被當場炸死，免去了許多麻煩。在場的首長除了那個臥倒的連長外，均壯烈犧牲。軍人以流血為天職，死得不明不白的唯有那位醫生。醫生並無判斷是非的責任，遵守命令、恪守職責才是他的本分。收屍的從灰堆裡翻出了他的一條斷臂，手裡還緊緊地抓著那把不鏽鋼的子宮刮。

大概是由於我方損失慘重，公布出來便有長敵人威風的傾向，所以兵團並沒有將那案件傳達到基層，只是發了份通知給連級幹部，要求各連隊加強對爆破物資的管理。但那天目睹的有數百號人，那條好漢的壯舉轟動了整個西雙版納。昆明人在農場裡的形象原是細聲細氣，男男女女都那麼點兒娘娘腔（大概跟昆明四季如春的氣候有點關係），但那轟的一聲，卻把他們爆米花般地突然脹大了好幾倍，昆明人的地位居然躍居於口大氣粗的北京人之上了。

那位立功的連長雖然倖免一死，卻也被炸得下肢癱瘓，嘴眼歪斜，說話直流涎。俗語說「人將死言也善」，那連長被炸得半死，所以也多少得了點悟性。他被繫在輪椅裡，由護士在四二四〇部隊醫院的走廊裡推來推去。他常常一面流著口水，一面咿咿嗚嗚地自言自語：「他，他媽的，那，那事和我，我有什麼關係，要，要我那麼，那麼賣，賣力……」

妹妹想要回來，但她不敢告訴母親，卻寫信給我。我在信中要求她用從〇到十之間的任何一個數字來指示她回來的決心，妹妹很快地回信了，打開信紙，三個血字：

一〇〇

我的一次工傷

那時我雖下了決心，要幫助妹妹回來，卻茫茫然一無措施。像我們這樣的家庭出身，絕無走上層路線的可能。我更不敢鼓勵妹妹硬來。我知道如果我對她說，不管三七二十一，回來再說，她便極可能會在哪個半夜裡一口氣游過景頗河。就算我妹妹命大，能逃過那鐵橋上的哨兵，回到上海，也最終逃不過「上山下鄉鞏固小組」。

普天之下，莫非皇土，或翻譯成現代漢語，全國一盤棋。那些「上山下鄉鞏固小組」是各居民委員會為對付那些倒流返滬的上山下鄉知識青年而設置的。那些退休的老伯伯們精神極好，三班輪流，一天二十四小時坐在你家裡做說服工作，從巴黎公社一直說到人民公社，喜歡京劇的有時還會帶上把京胡，卡著嗓子，來上段〈紅燈記〉裡李鐵梅的「聽奶奶講革命」什麼的。不會唱的，便敲鑼鼓，沒板沒眼地敲個紅火。居民委員會資金有限，那麼磨上一天的嘴皮子，方得兩角錢茶水津貼。但你看著那一屋子久經磨練的腦袋，油汗閃爍，滿室生輝，你不得不相信，那些老公公們的主義真的虔誠，彷彿隨時都可以在你家裡立地成佛。

不過，確實也有回來的。ＧＰＴ高至上千的肝炎，白血球滿格的腎炎。怕你作假，不知什麼時候，會突然光臨，把你帶上醫院，眼盯盯地看著針筒從你的靜脈抽出血來，或守在廁所外，聽你叮叮咚咚地拉下小便。如此抽查三次，方可辦理病退。

來到美國後，我曾選讀了一門美國歷史。那些歐洲移民開發美國西部的精神使我驚訝。那十七世紀新大陸的荒蠻遠勝過二十世紀的內蒙古、黑龍江、西雙版納，但那些移民們似乎並不需要誰給他講革命道理，或唱革命樣板戲什麼的。前面的那家遭到了印第安人的襲擊，剝了頭皮的屍體橫臥在路邊燒焦的木輪上，後面的牛車依然不緊不慢地朝著血紅的落日走去。那段歷史並沒有使我信服開發西部是人類文明的典範，但至少是一種達爾文式的弱肉強食、有血有肉的生存競爭，殺或被殺，吃或被吃，搏鬥的雙方無不希望自己強大。

但我卻屢屢目睹那些辦理病退的青年，坐在醫院化驗室外的長凳上，等待化驗報告，臉色或黃或青，一個個眼盯盯地望著那化驗室的窗洞，唯恐自己身體內的那個什麼器官突然中止了潰爛。

我是個不太拘小節的人，如果家裡來了個什麼客人，我可以端著個尿壺，站在老虎窗外的屋頂上，朝著四面來風拉上一泡熱尿。但自從收到妹妹的那封來信後，我的行為忽然變得詭譎起來。

我在閣樓北窗下用木屑板攔起了一個角落，那三角形斗室的最高處剛夠我坐起身子。一扇小門供我爬進爬出，門上裝了鎖。一根粗大的屋梁橫穿我的斗室，我在屋梁上裝了盞電燈，燈泡上有遮光罩，唯有一束光線垂直照下。燈的下方是一張類似日本式的床桌，坐時雙腿可在那四條鐵腳下盤起，睡時則由那床桌橫跨我的腰間。我沒有徵求任何人的意見，沒有向父親、母親說明理由，因為那北窗下方本來就是我睡覺的地盤。再則我已成年，似乎也應該有一方自己的天地。

母親憂心忡忡地觀察了好幾個星期，但沒有任何反常的現象可成為她干涉的口實。我一下班便鑽進我的斗室，關門讀書，很有點兩耳不聞天下事的味道。那屋角裡堆著的大都是我的舊教科書，只是偶爾夾了幾本《內科手冊》、《外科學》之類的醫學書籍。我童年的志願本就是醫學，長大了喜歡收集些醫學書籍也無可非議。

我從北京東路化學玻璃器皿商店裡買了一盒耐酸瓶回來，二十五毫升的小瓶，錐形玻璃瓶塞，一盒二十只。還有一些量杯、漏斗、注射器、小天平之類。

我還從廣東路小動物商店買來一籠小白鼠，六隻。那小動物商店便是原來的一家蟋蟀行。蟋蟀與賭博有關，於是在五六年禁賭時便關閉了，改營魚鳥貓鼠之類的小動物。我也和別人一樣，在籠內裝了個轉輪，但我的那些小白鼠是不幸的，不久牠們的腿便無法將那小輪踏得溜溜轉了。

接著，我花了好幾個星期的時間，偷偷地從各個車間裡收集了各類強腐蝕劑：硫酸、鹽酸、硝酸、鉻酸、冰醋酸，還有苛性鈉，帶回我的斗室。我將以上各腐蝕劑稀釋或溶化成各種不同濃度的溶液，一一注入耐酸玻璃瓶，貼上標籤。然後我從肉店買來半斤全精腿肉，切成小丁，每小丁重約一克，投入不同濃度的各類溶劑中，觀察腐蝕效果。試驗結果表明，百分之十五的苛性鈉溶液的腐蝕效果最佳。溫度在攝氏三十七度時，浸入後約一小時，那肉丁便失去了彈性，肌肉纖維膨脹而酥鬆，如同煮熟了一般。

選擇了溶劑和濃度，接下來便要確定劑量。

我將百分之十五的苛性鈉溶液在小白鼠身上作試驗。我用一支一毫升的注射器抽取配妥的溶液，往第一隻小白鼠的左腿注入了〇・一毫升，往第二頭小白鼠的左腿注入〇・二毫升，第三頭〇・三毫升。注射時我捏住了小白鼠的嘴，以免牠們吱吱叫，引起睡在南頭的母親的注意。

那是個星期六的夜裡，我徹夜觀察注射的效果。注射後五分鐘，三頭小白鼠便開始顫抖，半小時後，那被注射了〇・三毫升的小白鼠便不動彈了。三個小時後，那被注射了〇・二毫升的小白鼠也死亡了。唯有那〇・一毫升的小白鼠繼續顫抖，直到天明，拖著一條發黑的左腿，一股勁地喝水。那小白鼠繼續活了三天才死亡，我切下那死鼠的左腿，發現那壞死的肌肉已開始腐爛，死亡的直接原因顯然不是苛性鈉的腐蝕，而是壞死肌肉的腐爛，由腐爛而引起血液中毒，但在引起血液中毒前有三天的時間，我以為是足夠的安全。

於是我又往第四頭小白鼠的左腿注入了〇・一毫升，二小時後我便將其解剖，發現那左腿遭腐蝕而壞死的肌肉淤黑，與那《外科手術圖冊》上的氣菌壞疽的色澤十分相似。在餘下的兩隻小白鼠的後腿上，我重複了〇・一毫升劑量的試驗，結果幾乎完全相同，我斷定我已達到實驗的目的。

然而，我最終的目標不是老鼠，而是人，所以必須在人的身體上驗證。

一九七〇年二月四日下午四時許，我向廠醫務室報告了一起小小的工傷——我的右腳中指被一枚鐵釘刺了一下。那位醫生捏了捏我的中指說，刺得不深，給塗了點紅藥水，說如有什麼反應及時讓他知道。

那天晚上回家後，我打了一盆熱水，很細心地洗了洗腳，然後鑽進了我那間「生物實驗室」。我仰面躺著，仔細地回憶了一番我的全部實驗過程，心裡覺得很踏實。

鐘響了，十點正。我側耳細聽，確信父親和母親均已睡熟了。我無聲地從裡面插上了門栓，把電燈拉得極低，我從一只小木盒裡取出一枚注射器和一小瓶百分之十五的苛性鈉溶液。我將〇・一毫升苛性鈉溶液吸入注射器。我已預先將中指前端那塊肉團的體積測出，並由體積算出重量，一・五克，與那小白鼠的後腿相同，所以劑量也相同。

我覺得心有點兒跳。

我閉目靜坐，待氣息平靜後，我便抬起右腳，將〇・一毫升苛性鈉溶液注入了中指的前端。

注射後我便躺下，看了看鬧鐘，十點十五分，我蓋上被子，細細地感受。不痛，只是那注射處微微有點發癢。但我努力忍住不去搔。那癢漸漸地褪去了，褪得好像有點過了頭，連知覺也消失了。我用力蠕動了那根腳指，可以聽見皮膚的摩擦，卻沒有皮膚的感覺。

我開始顫抖，我又看了看鐘，十一點差五分，那顫抖從腳升起，蔓至全身，牙齒也抖得格格響。但我並不吃驚，也不怎麼害怕。我知道和那小白鼠一樣，我也會抖上一夜的，沒有什麼大不了的。有點發冷，於是我便捲緊了被子，數著自己的呼吸，漸漸地睡著了。

記不清我作了什麼夢。

第二天一早，我便一瘸一瘸地走進了廠醫療室，蹺起腳來讓那位醫生看，中指指端發黑發腫，那醫生吃了一驚，他匆匆跑下樓去，抓來一個司機，立即將我送到第七人民醫院。急診室的外科醫生幾乎立刻下了診斷：「創傷急性感染，局部肌肉壞死。」也幾乎是立刻將我中指下部的那塊發黑的肌肉挖去，同時注射抗毒血清和大劑量抗菌素，防止全身感染。

我在觀察室裡過了一夜，我往家裡送了個傳呼電話，說我晚上睡在廠裡值班。並沒有出現預期的全身症狀，那外科醫生讚嘆了一番我的免疫能力便讓我回家了。以後每天換藥，過了一個來月，那傷口便癒合了。由於肌肉缺損，創口萎縮，那中指便向下卷曲，像一隻雞爪。

成功了。

傷口癒合不久，我便寄了一封信給妹妹，信中附了一張我書寫的小楷選字帖（想不到小時候在母親的威逼下學成的柳體終於有了用武之地）。我在信中說，希望她能在業餘時間裡練練毛筆字。妹妹回信了，說我在和她開玩笑！我卻沒有理睬她的埋怨，又向她寄去了第二張小楷選字帖，並要求她將兩張小楷字帖接合起來，細心地研究書法的真諦。我妹妹是極聰明的，她終於研究出了哥哥兩張字帖的內容——我將我的計畫寫成了兩張字帖，第一張字帖是計畫的奇數字，第二張字帖是計畫的偶數字。很快，妹妹回信了，信中只有兩個字：

同意

四月十三日，我給妹妹發去了一只包裹，沒有鹹魚鹹肉之類，也沒有玩什麼掉包的花招。包裹裡只是一盒青黴素和一支注射器。那時，往農村邊疆郵寄藥物是很普遍的事。然而，那六瓶青黴素中的其中一瓶的鋁蓋被刺了一個難以覺察的小孔。那瓶藥劑的色澤也略有異樣——裡面裝的不是青黴素油劑，而是二毫升百分之十五苛性鈉溶液。

下一個接收注射的體積，將是我中指那塊肉團的二十倍。

殘廢

那個郵包發出後，我度過了有生以來最難熬的兩個來月，夜夜噩夢不斷。我曾經夢見被一條眼鏡王蛇纏繞，一對毒牙從頸背刺入，穿透口腔，化成了我的一對彎彎的獠牙，在慘白的月光下嘶嘶地笑。

深夜我屢屢被警車的呼嘯驚醒，睜著眼睛，躺在暗中，感受心房和肋骨的撞擊。

六月二十六日凌晨四時許，一陣摩托車聲戛然而止，然後聽見街心有人高喊：

「曹冠龍電報！」

我一躍而起，衝下樓去。

那送報員說：「圖章呢？」

我卻一把將電報奪了過來，雙手抖得竟左右撕不開封皮。那送報員捏著我的拇指，往他那夾板上的印泥缸裡一壓，摁上了個手印，一陣黑煙，摩托車呼嘯而去。

我忍住心顫，將電報撕開，一行電文在路燈下跳出：

曹冠君病危

發報者是雲南軍墾農場。我穿著條褲衩，站在路燈下發呆，卻發現母親站在身邊。母親接過電報，湊著路燈，一字一字地讀出聲音，驟然癱倒在人行道上。

母親死活就要動身上雲南去。但我知道，即使是坐飛機上昆明，從昆明到西雙版納還有四天四夜的汽車。我好歹將母親勸住，不是勸住，幾乎就是拖住，說是再等一下，再等一下，說不定，說不定……但究竟說不定什麼呢，我自己也不知道。

終於在第三天的傍晚，收到了軍墾農場發出的第二份電報：

曹冠君病危解除

第五天，收到了妹妹的電報，電文如下：我不慎工傷引起急性感染，現已控制，不久將返滬治療。

二十多天後，我們全家在火車站把妹妹接了回來。妹妹的左手裹著厚厚的紗布，掛在脖子上。她臉色蒼白，但精神很好，她嘻嘻哈哈地伸出她那隻好手，在母親的臉前晃了又晃，好像在測試病人的瞳孔反應，母親一下子老了好多。

妹妹告訴我們，她一次清晨割膠，不慎摔了一跤，左手手心被膠刀刺破了那麼一點兒。那是常有的小傷，她沒有在意，繼續工作，不料當天半夜便發燒，幾乎昏迷。她床下的那個姑娘被她的顫抖搖醒，趕緊叫來連隊的醫生。那醫生抓起她的左手一看，嚇了一跳，那手心裡的肉一片烏黑，慌忙用汽車把妹妹送到四二四〇部隊野戰醫院。那野戰醫院設在中緬邊境，治療從印度支那戰場上送回來的中國傷員。軍醫當即給妹妹施行了清創手術，將左手手心壞死的肌肉盡數切除，同時注射抗毒血清和大劑量抗菌素，控制全身感染。那時越南戰場打得火熱，妹妹躺在醫院的竹篷裡也常能聽見南邊傳來的炮聲。那野戰醫院忙得不亦樂乎，裡裡外外擠滿了傷員，於是醫院便在妹妹的診斷書上寫上：「創傷急性感染，傷情已被控制，送回上海繼續治療。」

是我陪妹妹上第九人民醫院去的，當外科醫生打開包紮，妹妹若無其事，我卻頭皮一陣發麻：那手心幾乎被全部挖去，白色的筋腱，黃色的脂肪，最深處連手背的骨頭也露了出來。妹妹還開玩笑，說：「像不像打開了後蓋的半導體收音機？」

那醫生檢查完畢，剪去了些腐肉，敷上了磺胺藥膏，重新包紮起來，然後對妹妹說：「那些軍醫算是手下留情，沒把你這條胳膊鋸掉。」

妹妹說：「大概是他們的那把鋸子給鋸鈍了，木匠那會兒正忙著給他們銼呢。」

那醫生哈哈地笑了，他拍著妹妹的肩說：「說不準是你的樂觀情緒把你救了。不過，我得把情況給你說清楚了，我可以使你這個創口癒合起來，但沒有辦法恢復那五根手指的功能。你知道，肌肉、筋腱、血管、神經喪失太多，我不能不說，你這隻半導體收音機以後只能擺擺樣子的了。」

妹妹每兩天去換次藥，三個多月後，那傷口總算全部收口。由於傷疤收縮，手指向內卷曲，萎縮成雞爪一般，醫院下的鑑定是：「左手功能喪失。」

妹妹將醫院的鑑定書送到區鄉辦——區政府上山下鄉辦公室，那辦事員還問三問四，似乎懷疑我妹妹是否有個小舅子什麼的在那所醫院當食堂主任。我妹妹給問得不耐煩，便將左手的紗布解開，送到那傢伙的鼻子底下，一只公章立刻蓋了下來。

鑑於在區鄉辦的經驗，我和妹妹上照相館去為她那隻左手拍了張照。還是那家十幾年前為我們拍全家福的照相館，我覺得那攝影師似乎還是原來的那個，他曾成功地把妹妹逗開嘴笑，但這次卻無法將妹妹那萎縮成一團的手指逗樂開來。妹妹將照片匯同各類文件一起給農場寄去，那農場極為爽快，很快地將妹妹的戶口退回上海。其實也是，雙手健全的有的是，何必背著個一等殘廢的包袱呢。

妹妹報進了上海戶口，戶口上的遷入原因一欄上寫著：

殘廢

寫到這裡，我不禁又一次感到渾身發冷。我父母曾企圖以苛性鈉來改變子女的命運，十年後我竟與他們不謀而合，冥冥中接過父母未遂的陰謀，而且居然陰謀得逞，改變了我妹妹的命運——由一個四肢健全的姑娘變成了一個終身殘廢。

自從妹妹工傷後，大約過了十二、三年的光景，大概是由於印度支那戰火熄滅的關係吧，雲南南部的氣候普遍轉冷。那橡膠園的膠樹凍死大半，剩下的也病病懨懨的，擠不出幾滴膠來。那建設兵團想改種水稻，但那山坡地陡土薄，折騰了幾年，也只得作罷。幾千號人，不死不活地成天開會學習。但開會學習也得吃飯哪。糧食成車成車地往裡拉，卻運不出任何東西來。於是雲南省受不了了，最後總算樹倒猴子散，一批一批地把那些三十來歲的知識青年送了回來。

那些當年水鮮鮮的姑娘們，在邊疆苦熬了十來年，好歹回到了上海，徐娘半老，不免有點為後半輩子的著落擔心。所以一下班便慌慌忙忙地往臉上塗脂抹粉，掩蓋了些眼角上的皺紋，不辭辛苦地和上海灘的老光棍們在路燈下逛來逛去。

妹妹卻早已結婚，生下了一個女兒。丈夫是郊區的一個農民。我妹妹的左手雖然只能擺擺樣子，但她那張上海戶口卻貨真價實。戶口政策規定，兒女隨母親註戶口，女兒呱呱墜地便成了城市居民，使那位老實結巴的農民十分驕傲。

我對妹妹說：「要是不出工傷，你現在也回來了。」

妹妹回答：「難說。」

我說：「你反正什麼都能吃，餓不死你。」

妹妹回答：「你不知道，我每次上連長那兒去，懷裡總是揣了把膠刀。」

我在〈西雙版納〉一章裡寫了許多當地的事情，其目的似乎是向讀者提供史實。其實，我卻是在又一次地為自己的罪孽尋找辯護，然而那種辯護卻未能使我得到赦免。

自我妹妹殘廢，二十多年過去了，但那使我初次夢遺的夢境一再出現，以種種不同的翻版。但那些夾住我身體的腳指卻再也不是粉紅、柔軟、溫暖。或鏽漬斑斑，如同巨大的錨鏈；或鱗片密布，如蜥蜴的腹甲。我的美國室友曾多次被我的呼喊驚醒，他很認真地建議我上學校的心理諮詢處去尋找幫助。免費、保密，但我沒有去。我知道我犯了深重的罪孽，我正在經受著應有的懲罰，沒有人能幫助我。

我時時覺得對不起那些搶救和治療我妹妹的醫生們。醫生的責任是救死扶傷，他們之所以受了我的愚弄，也許是由於他們根本沒有想到人心居然會比破傷風菌更為險惡！有時我甚至以為那些經驗豐富的醫生們未必就是受了我的愚弄。也許他們網開一面，放我妹妹一條生路。

近來美國報刊登載了一宗頗為轟動的案件——一位名叫Jack Kavorkian的醫生發明和銷售了一種自殺機，即一種致命毒藥的自我注射器，幫助身患絕症的病人結束生命。初讀時，我似乎得到了一種安慰，大千世界，居然有人與我同志。但繼而一想，便覺得很難引用那位醫生作為我的辯護。那位醫生的目的是為了解決垂死病人毫無意義的痛苦。我妹妹那時雖然經受著痛苦，但遠非絕望，我沒有權利將我絕望的心理灌輸給我的妹妹。我濫用了她對哥哥的信任。

自從我右腳中指萎縮後，我便再也沒有赤過足或穿過露指涼鞋。擦得鋥亮的皮鞋完全可以掩蓋那龜縮在黑暗中的醜惡。但每當我在朦朧的燈光下握著一隻隻閃爍著鑽戒的纖手翩翩起舞，我每每會突然莫名其妙地一陣寒顫——地球的那一邊正是清晨，我的妹妹搖晃著她那萎縮的左手，匆匆上班。

我曾讀到過德國納粹分子在集中營裡用人體作試驗的報告，那些納粹軍醫至今仍是以色列戰犯清查組織的追蹤目標。我時時覺得我也被追蹤，被我的良心追蹤得苦。

我想，那些納粹軍醫們當時一定有比我更多更偉大的理由為他們的行為辯護：國家、民族、人類，但他們的行為仍被歷史判決為犯罪。而且我還想，如果我是那些納粹軍醫的一員，我也一定會積極參與，並卓有貢獻的。我知道，我是一個本性凶險的人。

我今年四十五歲了，我將被繼續追蹤數十年，直至我的生命終止。幸虧我是個無神論者，一死了事，無法秋後算帳。

不戴黑紗

父親死了。

一九七六年一個初冬的清晨，父親躺在地鋪上靜靜地死了。他蜷曲著身子，枕頭上留著一灘口水。

第二天一早，我便上派出所去申報死亡。父親是在十一月份死的，所以當年的最後一個月，也就是十二月份父親所有的券票得上交，包括：糧票二十九斤、油票半斤、糖票一斤、蛋票一斤、肉票半斤、魚票一斤、豆製品票半斤，還有肥皂票半條、火柴票一盒、香菸票五包（父親不抽菸，香菸票一向是用來掉換糧票）。布票因為是一年一發，所以死者死亡當年的布票不必上交。以上票證如不交清，即領不到死亡證，領不到死亡證，火葬場即不來收屍。

當天下午，西保興路火葬場的接屍車即停在我家門口了。照例有許多孩子圍觀，也照例，一個個捏著鼻子。那兩個收屍員看了看我遞上去的死亡證，即刻把擔架塞回了汽車，我知道他們只是照章辦事。我見過火葬場革命委員會的布告，貼在每個殯儀廳的兩側。那鉛印的通知明確規定，黑七類分子死亡一律不得享用擔架，不得屍體整容，不得舉行殯葬儀式，不得收藏骨灰，不得佩戴黑紗。父親死了，但那死亡證上依然標明著他的成分。

下樓時，前面的那個收屍員抓著父親的兩條腿，後面的收屍員抓著父親的兩條胳膊。俗話說，人斷氣如同石出水，死沉死沉。父親個頭大，樓梯又窄，累得那兩個小伙子氣喘吁吁。也許是由於他們不能讓死者享用擔架，有點過意不去的意思，所以他們居然不出半句怨言，只是盡力將我父親拖下樓去。父親的後腦勺磕擊著梯級，發出沉悶的聲音。

父親是倒著被拖上收屍車的，棉襖在他的背下捲成了一團，連肚也露出了一截。父親的嘴半張著，後腦勺枕著瓦楞鐵皮。那收屍員正要把門關上，臉上一直沒有表情的大哥突然把自己頭上的絨線帽抓了下來，衝上前去，托起父親光禿的腦袋，扣上了那頂絨線帽。

母親沒有下樓。五點左右，天色已經昏暗。大哥、妹妹、我，兄妹三人站在人行道上，看著收屍車馳去，父親從此消失。

其實，用不用擔架有什麼了不起的呢？那擔架油膩膩的，不知道有幾輩子沒有刷洗過，躺上去不染上一身瘡才怪呢。屍體整容就更可笑，胡亂往嘴唇、兩頰塗上些胭脂，讓兩片耳輪顯得更青。廠裡時有職工去世，我上火葬場去開過好幾次追悼會。每個殯儀廳裡掛著個喇叭，由一條拉線開關控制，一拉那標準喪樂即響了起來。五分鐘，十元人民幣，沒頭沒腦地開始，沒頭沒腦地結束，好在哀樂周而復始，也聽不出什麼頭尾。有一回，那個管理殯儀廳的小姑娘不知何故，竟然提前中斷了哀樂！主持追悼會的那位工會主席與她交涉，說了種種理由，還打了比方，說是如果你上菜場去買肉，那肉攤沒有給足你分量，將心比心，你會怎麼想？那姑娘先是不理不睬，逕自嗑著香瓜子。後來實在被那個老頭纏得不行，細腰一扭，氣鼓鼓地說，好了，好了，少囉嗦，再加你兩分鐘，這總可以了吧。說著，順手把拉線開關一拉，咔嗒一聲，那哀樂又莊嚴地響了起來。

至於說骨灰，我曾好奇地轉到火化爐去看過。一排五間焚化爐，爐房裡相當乾淨，但那些爐柵下邊，個個積滿了白灰。每燒完一具屍體，那司爐工便從爐柵下胡亂扒出些白灰，裝入一只紅綢袋，一紮一拍，便萬事大吉。那紅綢袋上標著姓名，骨灰盒上還可以畫上照片，但那裡面裝的究竟是張三李四、王二麻子，就死無對證了。

父親死後，我把這些笑話在閣樓上說了又說，說一遍笑一遍，連母親也抹著眼淚笑了。

我們沒有違反任何規定，父親去得太太平平，沒有任何不良後果。唯有黑紗一項，日後給我妹妹帶來了點小小的麻煩。我妹妹的公公去世了，農村喪事本就隆重，她公公又是個老貧農，光黑綢就剪了好幾丈。妹妹托病未去追悼會，只是在喪事辦完後才到鄉下去陪婆婆住了幾週。按鄉下的規矩，死者親屬黑紗起碼得佩戴三個月，但我妹妹連一次也沒有戴過。她那個老實結巴的丈夫勸得口乾舌燥，妹妹裝著沒聽見，也不加任何說明，只是一個勁兒地和新生的女兒說牙牙話。此事日後還時常成為我那位妹夫抱怨的話題。

父親去世已有十幾年了。這十幾年來國內的情況好像沒有過去那麼古板了，革命委員會和火葬場的那張布告早已煙散，黑七類之類的術語也漸漸被人遺忘。

母親老了，老得起不了床了。妹妹寄了盤磁帶給我，說是母親已無法寫信，但有要緊的事對我說。也許是錄得不好，也許是母親的牙齒早已落盡，母親的聲音十分含混，實在是靠了她把那段話說了又說，我才聽清。

她說：

「龍夾里啊，我死了，如果你能回來，記住了，你們兄妹只准把我送到門口。記住了，不要開追悼會，記住了，不要收骨灰，記住了，不要戴黑紗。龍夾里啊……」

母親，兒聽清楚了。但兒身處異國，怕是不能站在人行道上看你遠去。但兒會記住你的話，不戴黑紗。

我打了妹妹一巴掌

妹妹回滬後的第八年，閣樓上的人口破了歷史紀錄：妹妹、妹夫和新生的女兒，我、我的妻子和兩歲的兒子，再加上母親。

母親那時已逾七十，身體還算康健，只是行走日見困難。上下閣樓，如同登山。她老人家還掙扎著在菜場上賣賣蔥薑、刮刮魚鱗什麼的，免得坐吃閒飯。每次從菜場回家，母親提著竹籃往上爬，每爬三級，便要休息片刻。但不能坐下，一坐下便站不起來，竹籃放在梯級上，母親雙手抓住籃把，彎著腰大口大口地喘氣。她剛登上一樓，我們在閣樓上便能聽見，母親可以讓我們替她把竹籃提上去，但她卻不能容忍我們的攙扶，她說胳膊被抓著不自在，還不如自己慢慢來。上樓吃力，下樓似乎更為困難。她無法正面下樓，只能背轉身子，嬰兒似地往下爬。

我們勸她息業，她說活動活動也好，上公園打太極拳還得買門票。如此折騰了約有大半年。最後一次，母親把小半籃蔥在窗下掛了四、五天之久，每天用濕布蔽蓋，免得了枯黃卻免不了腐爛。母親每天剔除爛蔥，卻始終無法下樓，於是她終於讓妹妹買了幾斤黃魚，燒了鍋小蔥黃魚。小蔥黃魚，蔥是魚的配料，點綴點綴而已，但母親那次卻將餘蔥盡數倒入，那魚便游入水草，難見蹤影了。母親從此死心，開始了她所謂的「攤屍」生涯。

母親喪失了勞動力，卻不料成了一塊極重要的砝碼。

雖然妹妹和我均在閣樓上長大，那些梁柱板壁幾乎成了我們身體的有機部分，從未有窄狹局促的感覺。但自從各自成家後，閣樓便漸漸成了個問題。

在〈鳳尾魚的悲哀〉一章中，我頗為悲哀地提到我如何一再「降格以求」，低調尋覓，還是找不到老婆。滿臉青春痘的小技術員，只有成天埋頭於油膩膩的機械中，尋找一點樂趣。

那年頭，車間裡的女工們不興塗什麼Dry，大熱天腋下濕漉漉的兩片，一陣汗味冉冉飄來，我就知道是那位姑娘走過。抬起頭來，偷望那一扭一扭的背影，雙眼散神，老半天才能重新聚焦。

忽然，石破天驚，奇蹟出現！

延安東路和西藏南路交界處，大世界的斜對面，坐落著個金字招牌的「上海第一羊毛衫廠」，響噹噹的國營單位，而且是專做出口商品的國營單位。廠裡有一位叫趙依緋的姑娘，是一名質量檢驗員，比我小五歲，白皙高挑，亭亭玉立，偶然和我結識，居然一見鍾情，一發不可收拾！

依緋父親的成分是「小職員」，雖不及貧下中農、革命幹部那樣光彩，但還是革命的團結對象，但她力排眾議，沒有鑽戒，不披銀紗，毅然與我結髮，全廠小伙子痛心疾首，左右街坊一片譁然！

但這個婚姻絕對是個「空中樓閣」——沒有房子。

上海人說「對象好找，房子難尋」。這話乍一聽似乎有點褻瀆人情，但仔細一想，卻很有點唯物主義的味道。你想嘛，造一塊磚所需的熱力和壓力畢竟比造一個人要大多了。我和依緋結婚後分居了約有一年半左右。她仍住娘家，我仍住閣樓，成了所謂「蕩馬路夫妻」。我倆的嗜好是蕩家具店，在一片油漆和臘克（Lacquer的音譯，清噴漆的通稱。）的芬芳中，幻想著種種不同的布局，種種不同的格調。

兒子在幻想中出世了，依緋便橫下心來，抱著兒子，搬上了閣樓。她放棄了大櫥、五斗櫥，她放棄了沙發、落地燈，她只要求一張床。我知道，對她來說，那簡直不是生活，而是生存。然而，這個最低的生存要求在我們閣樓上幾乎成了一種極難滿足的奢侈——三十年來，閣樓上從未有過一張床，但我們為她的真誠所感動，我和妹妹，還有妹夫，三個人拉著皮尺在閣樓的各個角落裡反覆丈量，最後終於以活塞與汽筒配合的精度，在北頭的老虎窗下塞進了一張床，而且是一張四呎半的標準雙人床！

然而床畢竟只是一張床，重要的是床上得容下三個人，那床板與天花板之間構成的三角形容積的裝填程序如下：

一　將兒子平放於床的外沿，然後將其徐徐推入內沿，即床板與天花板的交接處。

二　妻子仰臥於床的外沿，腰部和肩胛交替扭動，以沙漠中蛇的橫游動作，挪至床的中央。

三　丈夫在外沿躺下。

四　拉上幕布。

至此，那三角形的空間便被裝填得嚴實實的了。兒子將手指在天花板的木結洞裡鑽玩了一番之後便睡去了。依緋和我若有興致，完全可以側著身子親熱一番，但得由著點，不能過分放肆。閣樓的那一端也拉著一道幕布，幕布後的地鋪上躺著另外四口人，母親、妹妹、妹夫和他們新生的女兒。

在那其後的兩年多時間裡，我和妻子練就了一身輕功，雲雲雨雨，床板從不吱嘎；輾轉反側，呼喊盡忍在喉頭。想必妹妹和妹夫也有同等造化，那幕布後也從未傳出過任何值得非議的噪音。

我和妹妹由下而上，不斷地向街道房管所、區房管所、區人民委員會、市人民委員會，最終是中華人民共和國國務院發信，希望能解決我家的住房問題，但一概沒有回音，我們徹底絕望。

忽然，又來了個石破天驚，奇蹟出現！

一天傍晚，剛吃過晚飯，有人在樓下敲門，上來一位幹部，說他是代表上海市統戰部對台灣宣傳工作組，來訪問我家。那時政府的對台政策驟變，熱情呼籲台灣回歸祖國。那十餘年血戰的冤仇彷彿一夜間煙消雲散，幻變成了一場回憶起來有滋有味的童年打鬧。

那位幹部坐定，便問我母親：「你叫賴昭慶，是不是？」
母親說：「是的。」
那幹部又問：「你是否有個弟弟在台灣？」
母親說：「是的。」
那幹部又問：「他的名字叫賴琳，是不是？」
母親說：「是的。」
那幹部又問：「賴琳是否在那邊的空軍裡任要職？」
母親說：「他現在的情況我一無所知，我們姊弟三十多年來從未通過信。我只知道他在抗戰時是個飛行員，打下過好幾架日本人的飛機。」
那幹部又問：「賴琳有個兒子在聯合國任職，是不是？」
母親說：「他兒子臨走時還在吃奶，以後的情況我就不知道了。」
那幹部告訴母親說：「很好。你的那個侄子最近來信，要求批准入境，來華尋找姑母的下落。」
母親一聽，頓時老淚縱橫。
那幹部鼓勵我母親與台灣的親人通信，報告我們全家的安居樂業，幸福生活，為祖國的統一作些有益的工作。

那位幹部動員完畢，環顧四周，說：「你們的住房好像緊張了些，是不是？」

我和妹妹均未吱聲，心想，堂堂國務院都不能解決我們的問題，台灣問題和住房問題風馬牛不相干，何必白費口舌？

不料那幹部去後的第四天，母親便收到了區房管所的一張通知。通知說，決定給母親一套新工房，面積二十四平方米！我們立即去看了那套工房。一套三間、臥房、客廳、廚房，還有抽水馬桶！

但我和妹妹立刻面臨著一個棘手的問題，誰與母親遷往新居？誰留住閣樓？由於房子是配給母親的，得由母親作主。母親很為難，不知成全哪家好。

那幾天裡，我和妹妹上上下下，想說些什麼，卻又不知說什麼好。眼睛偶爾對視，便趕緊閃開，彷彿彼此做了些什麼對不起人的事。母親夜夜在幕布後嘆氣。

於此過了約一個星期，一天，母親乘屋裡無人，把我和妹妹叫到身邊，對我說，她想還是和妹妹一家住來得方便些。我一聽勃然大怒，說是妹妹搞的陰謀。妹妹也呼地一聲站起身來，指著我的臉說胡說八道！我順手一個巴掌打去，打得妹妹一個踉蹌，幾乎摔倒。她伸出左手，想要扶住牆，卻不料碰到了傷口，痛得她彎下腰去，冷汗直冒。我掀開房門，衝下樓去，一連好幾天沒有回家，睡在廠裡的值班室裡。後來我接到了妻子的電話，說是母親和妹妹商量後，決定和我一家同住新房。妹妹、妹夫幫著我搬家，大哥也來了。他們都很快活，說說笑笑，我也說了幾句笑話，但我卻覺得自己笑得很可笑，時時得注意臉上肌肉的動作。

母親說，讓我先搬去，她隨後就來。但母親始終沒有搬來。

數月後，她那位侄兒來訪，母親落落大方在閣樓上擺開宴席，接待那位身材魁梧、氣態軒昂的聯合國首席經濟發展事務專員，賴尚龍博士。

告別

一九八七年的年初，承蒙漢學家 Perry Link 教授和 John Berninghausen 教授的合力推薦，我有幸獲得了美國佛蒙特州明德大學（Middlebury College, Vermont）的全額獎學金。在上海美國領事館開出簽證的當天傍晚，我上蓬萊路閣樓去與母親、妹妹告別。

自從我搬往新居後，極少回閣樓。我可以為自己找到無數藉口，但每次路過蓬萊路，總不免抬起頭來，望望那閣樓北頭的老虎窗。

我時常忘了帶鑰匙，進不了樓下的門，所以時常站在馬路對面，伸長脖子，對著北頭的老虎窗高聲吶喊：

「開開門啊——」

早年母親尚健時，聽見我的喊叫，便會在閣樓上拉長了聲音回答：

「來了啊——」

接著，我站在門外也能聽見她那慢而重的腳步，踩著樓梯，一步一步地走下來。妹妹回滬後，下來開門的大半是她，腳步聲與母親截然不同，風風火火地，如機槍聯射，彷彿我在馬路上遭了搶劫。

那天傍晚，下著細雨。我站在馬路對面，抬頭望著那扇老虎窗。窗關著，卻亮著燈。其中一塊玻璃破了，釘上了木板。我清了清嗓子，仰起頭來，喊道：

「開開門啊——」

馬路上空蕩蕩的，我覺得自己的喊聲很古怪。我站在門邊，側耳細聽，希望能聽見那熟悉的樓梯聲，或緩或急，卻沒有動靜。我正要再喊，門卻悄悄地開了，妹妹站在黑洞洞的門裡，靜靜地望著我。我想叫她，但喉頭只是含混地咕嚕了一下。妹妹轉身上樓，腳步不緊不慢，我跟在妹妹後頭，樓梯在腳下嘎嘎作響。

閣樓上沒有什麼變化，只是北窗下的我的那張床撤了，幕布也卸了，但掛幕布的那根鐵絲依然還在，鐵絲上夾著雙小小的襪子。

「小鬼呢？」我努力以輕鬆的口氣問道。
「她老子帶她出去玩了。」妹妹的聲音平淡，淡得好像忘了放鹽。
妹妹在南頭的地鋪上盤腿坐下，地鋪上空蕩蕩的，我吃了一驚，問：
「娘呢？」
「上西安了，麟哥把娘接過去住些日子。」
我心裡空蕩蕩的，半晌說不出話來。我和妹妹面對面，盤腿坐著，彼此看著自己的膝蓋。
「我要走了。」我低聲地說，然後等候著她的問話，但妹妹卻沒有吱聲。我只得接著說：「我要到美國去了。」
妹妹依然沒有吱聲。
「我是去讀書的，上大學。」我幾乎是自言自語了，「這一去就不知哪年哪月才能回來。」
「手續、證明什麼的都辦妥了？」妹妹終於開口了。
「是的，都辦妥了。」
「嫂子和兒子呢？」

「他們現在還不能去。」

「坐船去還是坐飛機去？」

「飛機。」

「飛機票買好了嗎？」

「還沒有，還差些錢，不過沒問題，再過二三個星期就可以湊齊了。」

妹妹轉身鑽進牆角，打開一只木箱，掏出一個牛皮紙信封，遞給我。我接過來，沉甸甸的。我打開信封，一疊厚厚的鈔票。

「我聽別人說，那地方東西貴得要命，多帶些衣裳去。爹盼了一輩子，盼我們曹家出個大學生。你們三個小時候挨了不少打，爹硬是想用棍子打出個大學生來。其實不是你們的過錯，你們那些打挨得冤枉。」妹妹的聲音有些哽咽了，「你好歹給爹爭了口氣。」

「我想上西安去看看娘再走。」

「還顧那些！」妹妹在膝蓋上擊了一巴掌，驟然使我想起遣散人口那會兒，送我們兄弟三人去招工，父親在桌上那猛擊一掌。妹妹那時尚在桌子底下爬，自然記不住父親那斷然、絕然的神情。但奇怪的是，二十餘年後，妹妹居然說出了同樣一句話，而且語氣神態與父親酷似。我脊背一陣發涼。

「這裡的情況你比我清楚，說變就變。快走，盡快走！」妹妹的額頭在昏暗中泛出一片細細的汗珠，「不要顧家，嫂子和我們會互相照顧的。」

鐘響了。還是父親的那口老鐘，一邊敲，一邊嘎嘎作響。七點了。

「龍哥，把你的那只襪子脫了，好嗎？」妹妹指了指我的右腳。

我一時不知她什麼意思，但我順從地把右腳的襪子脫了，露出了那截萎縮了的中指。

妹妹把她左手那只手套也脫了，露出了那些萎縮了的手指。

妹妹彎下腰，左手慢慢地伸了過來，她那雞爪似的手指，和我那雞爪似的中指，漸漸地靠近。

輕輕地碰了一下。

一架波音七四七客機騰地起飛。

艙洞外一片顫抖的氣流……

三月二十四日，也就是打出簽證後的第三天，我啟程飛往美國。

文學叢書 357

閣樓上下

作　　者	曹冠龍
總 編 輯	初安民
責任編輯	洪玉盈
美術編輯	黃昶憲
校　　對	吳美滿　洪玉盈　曹冠龍
發 行 人	張書銘
出　　版	INK印刻文學生活雜誌出版有限公司 新北市中和區中正路800號13樓之3
電　　話	02-22281626
傳　　真	02-22281598
e-mail	ink.book@msa.hinet.net
網　　址	舒讀網http://www.sudu.cc
法律顧問	漢廷法律事務所 劉大正律師
總 經 銷	成陽出版股份有限公司
電　　話	03-3589000（代表號）
傳　　真	03-3556521
郵政劃撥	19000691 成陽出版股份有限公司
印　　刷	海王印刷事業股份有限公司
港澳總經銷	泛華發行代理有限公司
地　　址	香港筲箕灣東旺道3號星島新聞集團大廈3樓
電　　話	852-27982220
傳　　真	852-27965471
網　　址	www.gccd.com.hk
出版日期	2013年 5 月　　初版
ISBN	978-986-5823-07-8
定　　價	280元

國家圖書館出版品預行編目資料

閣樓上下 / 曹冠龍 著；
－－初版,－－新北市中和區：INK印刻文學,
2013.5　面；14.8×21公分（文學叢書；357）
ISBN 978-986-5823-07-8　　（平裝）
857.7　　102004921